Nous reviendrons en Acadie !

Données de catalogage avant publication (Canada)

Mignot, Andrée-Paule

Nous reviendrons en Acadie !
(Collection Atout ; 41. Histoire)
Pour les jeunes de 10 ans et plus.
ISBN 2-89428-413-6

1. Acadiens, Déportation des, 1758- Romans, nouvelles, etc. pour la jeunesse. I. Titre. II. Collection : Atout ; 41. III. Collection : Atout. Histoire.

PS8576.I295R47 2000 jC843'.54 C99-941789-4
PS9576.I295R47 2000
PZ23.M53Re 2000

Les Éditions Hurtubise HMH bénéficient du soutien financier des institutions suivantes pour leurs activités d'édition :

- Conseil des Arts du Canada ;
- Gouvernement du Canada par l'entremise du Programme d'aide au développement de l'industrie de l'édition (PADIÉ) ;
- Société de développement des entreprises culturelles au Québec (SODEC).

Directrice de la collection : **Catherine Germain**
Conception graphique : **Nicole Morisset**
Illustration de la couverture : **Francis Back**
Mise en page : **Lucie Coulombe**

Éditions Hurtubise HMH ltée
Téléphone : (514) 523-1523 • Télécopieur : (514) 523-9969
www.hurtubisehmh.com

Distribution en France
Librairie du Québec/DEQ
Téléphone : 01 43 54 49 02 • Télécopieur : 01 43 54 39 15
Courriel : liquebec@noos.fr

Dépôt légal/1er trimestre 2000
Bibliothèque nationale du Canada
Bibliothèque nationale du Québec

Imprimé au Canada

Andrée-Paule Mignot

Nous reviendrons en Acadie !

Collection **ATOUT**

dirigée par Catherine Germain

D'origine française, Montréalaise d'adoption, journaliste de métier, **André-Paule Mignot** est historienne de formation. Son goût pour la recherche et les voyages, sa curiosité naturelle l'ont amenée à se passionner pour l'Histoire et à s'intéresser aux autres cultures.

Émue par l'histoire de l'esclavage, une histoire encore terriblement quotidienne dans le monde, elle a écrit **Lygaya** et **Lygaya à Québec**, deux grands succès dans la collection Atout. Andrée-Paule travaille à la pige pour différents médias et maisons d'édition. Sa spécialité : les voyages.

À Micky, mon fils.
Sur ton rocher, rien ne peut t'atteindre.
Un jour, je te rejoindrai et nous volerons
ensemble au-dessus des forêts d'Essipit.

À Jeannot, son ami montagnais.

1

UNE NOUVELLE MAISON

Alix et ses parents se dirigeaient vers Cap-Breton pour prendre possession de leur nouvelle maison. « Une très jolie maison, juchée sur une falaise, avec vue imprenable sur l'océan », décrivait l'annonce que son père avait découpée dans la presse six mois auparavant, lorsqu'ils avaient débarqué de France d'où ils étaient originaires.

Sur le chemin qui menait à Cap-Breton, Alix se souvenait de leur jolie maison de Belle-Île, une pittoresque petite île ancrée au large des côtes bretonnes, où la jeune fille avait passé une grande partie de son enfance. De nombreux souvenirs lui revenaient en mémoire, surtout celui de sa grand-mère, Permélie, qui lui racontait souvent comment ses ancêtres acadiens avaient émigré à Belle-Île. « Mon grand-père Adrien, disait-elle, a beaucoup souffert avant d'arriver en Bretagne ! »

Aujourd'hui, par un curieux hasard, Alix et sa famille avaient fait le chemin inverse de celui emprunté autrefois par leurs ancêtres, pour venir habiter sur cette terre acadienne qui leur était totalement inconnue. Philippe, le père d'Alix, avait accepté un emploi en Nouvelle-Écosse et avait décidé de s'y installer pendant trois ans.

Alix regardait le paysage qui défilait à vive allure. Elle admirait des collines verdoyantes qui jouxtaient des prés à l'herbe grasse, et la côte dentelée qui s'avançait dans une mer d'un bleu profond, au caractère incertain.

Ce jour-là, la jeune fille était très excitée à l'idée de découvrir la jolie maison que son père venait d'acquérir, où désormais ils vivraient. Lorsque la voiture s'arrêta devant la porte, Alix ne put contenir sa joie.

— Elle est magnifique ! s'exclama-t-elle. Tout à fait comme je l'imaginais ! Ni trop grande, ni trop petite, construite en pierres, avec de ravissants volets bleus.

Tu avais raison, ajouta-t-elle en s'adressant à son père, elle ressemble beaucoup à notre maison de Belle-Île.

Puis, sans attendre, elle sauta hors de la voiture et s'engouffra à l'intérieur de la maison. Elle pénétra dans une vaste pièce aux murs recouverts de boiseries, où se trouvait une grande cheminée au tablier de bois sculpté d'une frise. « Hum ! Pas mal la cheminée, se dit-elle en se rapprochant. Peut-être un peu prétentieuse, mais très agréable à regarder. » Puis, en dirigeant son regard vers un imposant escalier en bois, elle pensa : « Voyons ce que nous réserve la suite. Cette maison est ancienne, et pourtant elle sent le neuf. Elle a très certainement été rénovée. » Elle monta rapidement au premier étage et emprunta le long corridor sur lequel s'ouvraient plusieurs chambres. Elle allait pénétrer dans l'une d'elles lorsque la voix de son père retentit dans la maison :

— Alix, tu aurais pu nous attendre ! Ta chambre se trouve au fond du couloir à droite. Tu ne peux pas te tromper, elle est jaune paille, comme un champ de blé !

— Merci d'avoir choisi son emplacement et sa couleur pour moi, cria Alix. Et la vôtre, où se trouve-t-elle ?

La voix pointue de Morgan, sa mère, lui répondit :

— À l'autre bout du couloir, ma chérie. Exactement là où ton horrible musique ne pourra pas nous atteindre !

— Ah, ah, ah, rétorqua ironiquement Alix, qui savait combien la musique de Nirvana était insupportable à ses parents.

Après avoir ouvert toutes les portes, visité les chambres et découvert que chacune d'elles disposait d'une salle de bains, Alix se dirigea vers sa chambre. Lorsqu'elle se trouva devant la pièce, elle ferma les yeux puis, très calmement, poussa la porte. Elle rouvrit les paupières, et découvrit avec ravissement son nouvel univers : une vaste pièce, éclairée par deux baies vitrées qui donnaient sur la mer. Dans un coin, une petite porte cachait deux marches donnant accès à une salle de bains aux murs lambrissés de bois brun et éclairée par une grande lucarne où apparaissait un morceau de ciel.

La jeune fille revint sur ses pas, dévala rapidement l'escalier et rejoignit ses parents au rez-de-chaussée.

— Alors, lui demanda son père, comment trouves-tu ta chambre ?

— Super ! Exactement ce que je voulais !

— Les meubles vont arriver d'un instant à l'autre. As-tu visité le jardin ?

— Non, mais j'y vais, répondit la jeune fille.

Abandonnant ses parents qui inspectaient les lieux pour vérifier si tous les travaux avaient bien été effectués, Alix sortit dans le jardin, dont l'extrémité correspondait au bord de la falaise. Elle s'y promena et constata qu'autour d'elle un tapis de marguerites avait pris possession du gazon et que de nombreux rosiers grimpants enlaçaient les murs de la demeure. Quelques pommiers étaient regroupés dans un coin retiré et un banc de pierre, usé par les années, était installé face à l'océan. Alix se laissa tomber sur le banc. De l'endroit où elle se trouvait, elle pouvait admirer le spectacle des vagues qui venaient se fracasser, un peu plus bas, contre les rochers. Fascinée par leur mouvement perpétuel, elle resta ainsi dix minutes, le regard fixe. Soudain, son attention fut attirée par un rocher que la mer semblait épargner. Elle plissa les yeux et avança légèrement la tête.

— C'est impossible ! On dirait qu'il y a quelqu'un sur ce rocher, dit-elle tout haut.

Elle se leva précipitamment et s'approcha tout près du grillage qui la séparait de l'abîme. Puis elle scruta de nouveau l'endroit qui l'intéressait. Perché sur le rocher, un jeune garçon, habillé de guenilles et pieds nus, paraissait la fixer d'une façon étrange. Les vagues qui déferlaient avec force l'évitaient comme par enchantement et l'écume qui bouillonnait et le cernait le rendait irréel. Tout autour, la mer, rien que la mer. « Comment a-t-il bien pu arriver là ? » se demanda Alix. Surprise par cette découverte inattendue, elle balaya rapidement du regard le paysage. « Ce rocher est inaccessible, même en bateau. C'est incroyable ! » Lorsque ses yeux se posèrent à nouveau sur le rocher, le jeune homme avait disparu et les vagues recouvraient entièrement le roc.

Étonnée par cette étrange apparition, Alix examina les alentours. Pas très rassurée et plutôt effrayée par cette vision subite qui ne pouvait être le fruit de son imagination, elle se leva et retourna d'un pas rapide vers la maison.

Son air soucieux intrigua son père.

— Que se passe-t-il ? demanda Philippe à sa fille. Le jardin n'est pas à ton goût ?

Encore sous le choc et absorbée par les nombreuses questions qu'elle se posait, Alix ne répondit pas.

— Alix ?

La jeune fille sursauta.

— Pardon ? Que disais-tu ? répondit-elle enfin.

— Tu n'as pas l'air dans ton assiette, ma fille. Tu es bien pâle. Ça ne va pas ?

— Pas vraiment. Je crois que je viens d'avoir une hallucination.

— Comment cela, une hallucination ? insista son père.

— Eh bien ! figure-toi que j'ai vu un jeune homme, perché sur un rocher inaccessible, qui me regardait fixement et qui, d'un seul coup, a disparu...

Philippe éclata de rire. À cet instant, le camion de déménagement s'arrêta devant la maison. Il laissa Alix, vexée par sa réaction, et se précipita à la rencontre des déménageurs.

Le reste de la journée se déroula dans l'agitation et les va-et-vient. Enfin, vers onze heures du soir, une grande partie des meubles avait trouvé sa place, et la chambre d'Alix était presque installée. Il ne restait plus qu'à déballer les cartons entassés au hasard dans la maison.

Ce soir-là, la jeune fille eut beaucoup de mal à trouver le sommeil. Elle ne pouvait oublier le regard perçant du jeune homme. « C'est bizarre, on aurait dit qu'il cherchait à me dire quelque chose, comme s'il avait un message important à me transmettre », pensa-t-elle.

Enfin, après s'être plusieurs fois tournée et retournée dans son lit, vers deux heures du matin, épuisée par les émotions de la journée, elle s'endormit en laissant sa petite lampe de chevet allumée.

2

UNE ÉTRANGE DÉCOUVERTE

Un fracas de verres brisés réveilla Alix le lendemain, vers dix heures du matin. Elle se leva d'un bond, enfila son jean, un tee-shirt et des baskets, puis se dirigea vers la cuisine en désordre où sa mère était occupée à déballer des cartons pleins de vaisselle. Des débris de verres étaient éparpillés aux pieds de Morgan, découragée.

— Le carton m'a échappé des mains, s'excusa Morgan. C'est stupide ! Enfin, heureusement, ce ne sont pas mes verres en cristal.

En se servant un bol de céréales, Alix demanda :

— Y a-t-il un grenier ici ?

— Oui, bien sûr, comme dans toutes les maisons anciennes. Et une cave aussi ! répondit Morgan.

Après avoir pris son petit déjeuner, Alix passa le reste de la matinée à déballer et à ranger ses affaires personnelles. Elle prenait beaucoup de plaisir à redécouvrir chaque objet et à le disposer à la place qu'elle lui attribuait. Lorsqu'elle eut terminé, un peu avant midi, elle jeta un coup d'œil sur son installation. « Hum ! c'est parfait, constata-t-elle. Maintenant, allons visiter la cave et le grenier. »

Elle monta l'escalier de bois qui menait au grenier. Il était situé en face de sa chambre et se terminait par une porte minuscule où l'on ne pouvait passer qu'en se courbant. Alix poussa la porte qui s'ouvrit sur une immense pièce vide, éclairée par de nombreuses lucarnes. « Ce grenier ne présente vraiment aucun intérêt particulier, se dit-elle en inspectant l'endroit du regard. Il n'y a même pas un grain de poussière. Bon, allons voir la cave ! »

Pour accéder à la cave, il fallait emprunter un escalier qui se trouvait sous l'escalier principal, en face de la cuisine. Lorsqu'Alix franchit la porte de la cave, une forte odeur d'humidité et de moisi saisit ses narines. Elle remarqua qu'une ficelle pendait sur sa droite. Elle la tira et une lumière blafarde jaillit aussitôt sur un long escalier en pierre qui s'enfonçait dans les entrailles de la maison. Alix fronça le nez et descendit lentement, en se tenant au mur, pour ne pas déraper sur les vieilles marches abîmées par le temps et glissantes d'humidité. Lorsqu'elle parvint en bas, elle se retrouva au centre d'une grande pièce au sol en terre battue. Aucune fenêtre n'éclairait cette partie de la maison et seule une ampoule fixée au plafond diffusait une légère lumière. « Brrr ! C'est lugubre ici », pensa Alix.

Les murs étaient en pierres et l'un d'eux comportait, au ras du sol, un renfoncement, une sorte de niche haute d'une vingtaine de centimètres. « Les fondations semblent beaucoup plus anciennes que la maison. La cave n'a pas été rénovée », se dit la jeune fille dont le regard fut immédiatement attiré par le fond de la niche. Une pierre ressortait légèrement et semblait avoir été scellée à part. Elle s'approcha de la cavité, prit un petit caillou à terre et frappa quelques coups rapides contre le mur au fond de la niche. « Tiens, tiens, on dirait que ça sonne creux derrière cette pierre », dit-elle tout haut. À ce moment-là, la voix de Morgan retentit dans l'escalier.

— Alix, tu es là ? J'ai préparé des sandwichs. Nous t'attendons. Dépêche-toi...

— Oui Maman, je suis au sous-sol. Je remonte tout de suite.

Cinq minutes plus tard, Alix était attablée avec ses parents.

— Alors, lui demanda Philippe, ton inspection est-elle terminée ? As-tu remarqué quelque chose de suspect aujourd'hui ?

— Je sais que tu te moques de moi, répondit Alix, mais je t'assure qu'hier j'ai réellement aperçu un jeune homme perché sur un rocher au milieu des vagues.

— Crois-tu que ce soit un fantôme ? continua son père sur un ton badin.

— Je ne sais pas. Son regard était si étrange et ses vêtements tellement curieux. Et puis, j'ai éprouvé une sensation bizarre à la vue de ce personnage. Comme s'il était d'un autre monde, une sorte d'apparition. J'en ai des frissons dans le dos en y pensant. Mais dis-moi, cette maison est-elle très vieille ?

Philippe pencha sa tête en arrière, ferma les yeux comme il avait l'habitude de le faire lorsqu'il se concentrait, puis lança :

— 1900, 1930... d'après ce que m'en a dit l'ancien propriétaire. Elle a été construite au début du siècle. Pourquoi toutes ces questions, jolie demoiselle ?

— Juste pour avoir un peu de conversation lorsque je reverrai mon fantôme ! On ne sait jamais, répliqua-t-elle à la stupéfaction de ses parents qui ne purent s'empêcher de sourire.

Dès qu'elle eut terminé de déjeuner, elle se précipita à la cave pour continuer sa visite. Elle prit soin d'emporter avec elle le couteau suisse que lui avait offert son grand-père, quelques mois auparavant, pour ses douze ans. Ce couteau était très pratique, car il avait la particularité de posséder plusieurs lames, un petit tournevis, un tire-bouchon, une lime à ongles et un décapsuleur.

Lorsqu'elle se retrouva à nouveau devant la niche, elle s'installa confortablement sur le sol puis, avec l'une des lames de son couteau, entreprit de dégager la pierre qui l'intéressait.

L'humidité et le temps jouaient en sa faveur, car la pierre était devenue friable, et la jeune fille n'eut pas trop de mal à la déloger. Derrière celle-ci, Alix découvrit une cavité dans laquelle se trouvait une boîte carrée en fer, rouillée par les années.

— J'en étais sûre. C'est une cachette ! s'exclama-t-elle.

Excitée par sa découverte, elle saisit la boîte et l'ouvrit. À l'intérieur, elle découvrit des feuilles de papier, noircies d'une écriture minuscule et régulière, qui avaient été soigneusement pliées et rangées sur une croix en or, elle-même posée sur un petit bonnet en dentelle.

Après avoir vérifié que la cachette ne contenait rien d'autre, la jeune fille remonta dans sa chambre en emportant avec elle sa précieuse découverte. Elle décida de n'en parler à personne, avant de connaître le contenu des documents de la boîte en fer. Elle s'installa sur son lit et commença la lecture du manuscrit. Le narrateur avait pris soin de numéroter chacune des pages, de 1 à 150. « Un véritable livre, se dit Alix. Voyons ce que cela raconte. »

3

Douloureux souvenirs

Sur le manuscrit, on pouvait lire :

Aujourd'hui, 8 août 1800, j'ai décidé de confier mes souvenirs au papier. Les souvenirs d'une enfance douloureuse qui aurait pu être différente sans la haine des hommes. Je m'appelle Mathieu et je suis maintenant un vieil homme de 57 ans, bien las. J'ai choisi de vivre dans cette maison qui a été construite par mon père, car c'est ici, à Cap-Breton, que j'ai vécu les plus beaux moments de ma jeunesse, face à cet océan qui a nourri ma famille pendant de nombreuses années. Le mouvement des vagues a bercé mon enfance, et le vent du large m'a insufflé la force de devenir adulte sur cette terre d'Acadie où mes ancêtres ont vécu depuis 1655.

Je dois préciser que je suis né à Grand-Pré, le 8 août 1743. J'avais deux frères aînés qui étaient jumeaux, Pierre-Marie et Adrien, ainsi qu'une petite sœur, Permélie. Mon père, François, et ma mère, Marie, qui avaient grandi ensemble dans le même village, avaient choisi de s'installer dans le port de Grand-Pré après leur mariage. Nous habitions alors une maison toute simple qui dominait la ville. Elle était bâtie dans une prairie, face à une colline sur laquelle je grimpais chaque matin. Je passais ainsi des heures à rêver d'aventures et de voyages en regardant le port et la cité, en contrebas.

Nous n'étions pas riches, et cela importait peu puisque nos voisins, nos amis, étaient comme nous des gens simples et heureux. Nous étions propriétaires d'une vache, qui nous procurait notre lait et notre beurre ; d'une vieille jument, de quelques poules et de deux cochons. Nous cultivions nous-mêmes les pommes de terre indispensables à notre alimentation sur le lopin de terre qui avait été alloué à notre famille, et ma mère passait ses heures de loisir dans son petit potager, dont elle était très fière.

Depuis toujours, chaque année nous quittions Grand-Pré à la mi-juin pour nous rendre dans cette maison de Cap-Breton où mon père, mes frères et moi-même passions l'été à pêcher. Il nous arrivait parfois de partir plusieurs jours en mer avec d'autres pêcheurs, d'où nous revenions épuisés et fourbus, mais toujours heureux de rapporter à ma mère des harengs, du saumon et de la morue. Le poisson que nous faisions sécher au soleil, sur le toit pentu de notre maison, était ensuite fumé dans la boucanière et salé. Puis, en automne, pendant l'été indien, nous retournions à Grand-Pré, chargés de notre nourriture pour l'hiver.

Nous avions un peu modelé notre vie sur celle des Indiens : nous vivions de chasse et de pêche en respectant les cycles de reproduction des animaux.

Mais laissons là notre vie de tous les jours. La vie heureuse d'une famille sans histoire. Une vie qui a été bouleversée en une journée !

Tout a commencé au début du mois d'août de l'année 1755. Je venais d'avoir douze ans et ma petite sœur fêtait ses neuf mois. Il était huit heures du matin et nous rentrions d'une nuit de pêche. Nous approchions des côtes lorsque mon père remarqua quelque chose d'anormal sur la rive. Un homme courait en levant les bras vers le ciel et en gesticulant comme un pantin.

— C'est curieux, dit-il, n'est-ce pas le vieux Joshua qui court sur la plage ?

— C'est bien lui, père, lui répondit mon frère Pierre-Marie. Il a l'air bien excité. On dirait qu'il nous fait signe d'approcher.

— Hum, je n'aime pas trop cela, maugréa mon père. Chaque fois que Joshua nous rend visite, c'est pour nous annoncer une mauvaise nouvelle ou une catastrophe ! La dernière fois qu'il est venu nous attendre sur la plage, c'était pour nous apprendre que le fils Guillain avait péri en mer.

Mon père avait raison, car lorsque nous accostâmes, Joshua se précipita vers nous en criant :

— Le fort Beauséjour a été attaqué par les Anglais au début du mois d'août et le gouverneur Lawrence a ordonné l'arrestation de tous les Acadiens de la province. Il faut fuir ! Il faut fuir !

Nous fûmes à la fois surpris et atterrés par cette triste nouvelle. Nous savions que la situation des Acadiens avait toujours été très difficile, car cette terre que nous considérions comme la nôtre était aussi un éternel sujet de discorde entre Londres et Paris qui se la disputaient*. Mais nous n'imaginions pas une telle persécution contre nous, surtout depuis la signature du traité d'Utrecht, en 1713, où le roi de France, Louis XIV, avait abandonné l'Acadie à l'Angleterre. Depuis cette date, des discussions avaient pu s'engager entre le peuple acadien et les Anglais.

— Es-tu sûr, Joshua, que tu n'as pas mal interprété ce que tu as entendu ? demanda mon père calmement.

* Après la victoire des Anglais, un grand nombre d'Acadiens, qui ne voulaient pas porter les armes contre les territoires demeurés français, avaient refusé de prononcer le serment d'allégeance à la couronne britannique.

— Non, François, je sais ce que je dis ! Il faut fuir. Mes fils se sont sauvés dans les bois. Ils ont rejoint nos amis, des Indiens Micmacs. Ils pourront ainsi échapper à la colère des Anglais. Moi, je suis trop vieux. Je vais rester ici, dans ma cabane au bord de la mer. J'attendrai que les Anglais viennent me chercher. Toi et les tiens, vous devriez vous sauver et rejoindre les Indiens dans la forêt. Ils vous cacheront et vous protégeront, répondit le vieux Joshua.

Épuisé par une longue nuit de veille en mer, mon père s'assit au bord de l'eau, découragé. Son regard se dirigea vers le large, comme si seul l'horizon pouvait apporter une réponse aux nombreuses questions qui se bousculaient dans sa tête.

— Nous allons ranger le matériel de pêche, les garçons, dit-il sans quitter l'océan du regard. Nous rentrerons à Grand-Pré demain.

Nous fûmes surpris de sa décision et mon frère Adrien intervint :

— Nous ne pouvons pas nous rendre aux Anglais, dit-il. Joshua a raison. Il faut que nous tentions de rejoindre les Micmacs et...

— Et quoi ? reprit mon père, indigné et rouge de colère à l'idée de fuir devant l'ennemi. Que ferons-nous par la suite ? Comment nous défendrons-nous si nous sommes dispersés dans les bois ? Non, je crois qu'il faut rejoindre les nôtres à Grand-Pré. Nous regrouper pour mieux combattre les Anglais. Nous serons plus forts si nous sommes ensemble. Pas si nous restons terrés dans les bois, comme des animaux traqués !

Surpris par la vive réaction de François, les jumeaux, qui avaient toujours été complices, se rapprochèrent l'un de l'autre, comme ils avaient l'habitude de le faire lorsque mon père se mettait en colère. Quant à moi, je m'assis près de mon père qui prit tendrement ma main dans la sienne. Nous restâmes ainsi, sans prononcer un mot, une bonne dizaine de minutes face à la mer. Puis, il se leva en soupirant et m'entraîna à sa suite vers notre maison.

Ma mère, à qui Joshua avait annoncé la nouvelle avant de nous retrouver sur la plage, nous attendait sur le pas de la porte. Elle s'adressa à mon père :

— Qu'allons-nous faire, François ? demanda-t-elle.

— Nous retournons à Grand-Pré demain matin. Il faut préparer nos affaires.

Marie ne fut pas étonnée de la décision de François. Elle avait une entière confiance en lui et le contredisait rarement.

— J'ai préparé une soupe et des boulettes de pommes de terre écrasées avec du beurre, dit-elle simplement. Vous devez être fatigués. Je vous conseille de vous reposer si nous devons prendre le chemin de Grand-Pré demain matin.

Elle se tourna vers Joshua et lui proposa de rester dîner.

— Non, Marie, je dois avertir les autres familles installées plus au nord, répondit-il en s'éloignant.

Après dîner, nous retournâmes sur la plage pour nettoyer la barque, rincer et ranger les filets, tandis que Marie préparait nos affaires. La journée me parut longue. Le soir, je n'arrivais pas à m'endormir, malgré la fatigue. Je ressentais l'anxiété de ma mère et l'angoisse de mon père.

4

Le retour à Grand-Pré

Le lendemain matin, à l'aube, nous prîmes le chemin du retour. Triste retour que le nôtre ! Pendant tout le trajet, personne ne parla. Mes frères et mon père se contentaient de diriger notre jument qui tirait la charrette sur laquelle nous avions pris place, ma mère, Permélie et moi-même. Le soir, au bivouac, nous mangeâmes en silence afin de ne pas aborder le grave problème qui s'était abattu sur notre famille.

Le voyage dura plusieurs jours, pendant lesquels nous rencontrâmes des familles qui, comme nous, tentaient de regagner Grand-Pré pour les mêmes raisons. Nous avions tous l'espoir de pouvoir nous unir pour nous défendre contre le gouverneur de la Nouvelle-Écosse, l'intraitable Charles Lawrence.

Enfin, nous arrivâmes à Grand-Pré où nous découvrîmes l'ahurissant spectacle d'une ville saccagée. Les maisons des Acadiens avaient été vidées de leurs habitants, pillées et brûlées. Les rues étaient désertes, et les visages des anglophones hostiles. Mon regard croisa un instant celui de Cynthia, une jeune Anglaise que je connaissais depuis toujours. Je crus discerner une grande tristesse sur le visage de cette jeune fille qui autrefois me suivait dans de folles courses à travers bois. Elle baissa la tête, puis la releva ; ses yeux embués de larmes semblaient me dire combien était immense sa peine de nous voir ainsi traités par ses amis, les Anglais.

Notre petit groupe, composé des familles rencontrées en chemin, se dispersa rapidement, chacun voulant retrouver sa maison. Lorsque nous nous retrouvâmes devant la nôtre, nous ne pûmes contenir notre indignation. La maison et la grange n'étaient plus qu'un tas de cendres, et le petit jardin potager, dont ma mère était si fière, avait été saccagé et retourné.

— Ils ont confisqué les céréales que nous avions engrangées pour l'hiver. Notre vache, nos poules et nos cochons ont aussi disparu, constata Adrien.

Marie ne put retenir ses larmes.

— Comment des années de travail et d'efforts ont-elles pu ainsi être anéanties par la haine ? Pourquoi ? demanda-t-elle entre deux sanglots.

Pierre-Marie s'approcha d'elle et la prit dans ses bras.

— Ne pleure pas Maman, je t'en prie, ne pleure pas, répéta-t-il.

Mon père, désolé et impuissant devant ce spectacle navrant, se rapprocha d'elle.

— Nous reconstruirons notre maison, Marie, dit-il simplement. Je te jure que nous la rebâtirons au même endroit.

Soudain, cinq militaires surgirent devant nous, fusil au poing, et nous entourèrent d'un air menaçant.

— Suivez-nous, cria l'un d'eux, avec un fort accent anglais. Nous avons ordre de vous amener au port de Grand-Pré, pour rejoindre les autres Acadiens. Vous êtes en état d'arrestation par ordre du gouverneur Lawrence.

Mon père, dont le visage avait pâli, cria :

— Tu es sur ma terre, soldat. Sors de chez moi !

L'homme le regarda d'un air narquois et hurla à nouveau :

— Tu n'as plus de terre, Acadien ! Tu n'as que le droit de te taire et d'obéir à mes ordres. Tous les Acadiens sont expulsés de leurs terres, par ordre du gouverneur Lawrence. Nous avons ordre de vous tuer si vous n'obéissez pas !

Révolté et blanc de rage, François s'avança vers le soldat.

— Peu importe, militaire, ce que tu dois faire. Tu ne pourras jamais tuer l'Acadie ! hurla-t-il.

Le soldat répondit immédiatement par un coup de crosse qui frappa mon père à la tête. Il tomba à terre, inconscient, et un filet de sang coula sur ses joues. Mes frères et moi-même nous précipitâmes pour l'aider à se relever. Lorsqu'il revint à lui, les soldats nous poussèrent du bout de leurs baïonnettes vers le petit chemin qui menait à la ville. Nous dûmes gravir la colline pour rejoindre le sentier escarpé qui conduisait au port. Dans le port, en bas, je remarquai cinq vaisseaux ancrés au large.

En ville, de nombreux Acadiens avaient déjà été regroupés, dans le désordre le plus total, autour de l'église. Des enfants pleuraient, des femmes se serraient contre leurs maris, des hommes tentaient de consoler et de protéger leurs familles. Autour de nous, des soldats armés montaient la garde.

Je reconnus des visages amis parmi les prisonniers. Des voisins, des cousins de ma mère, des amis d'enfance. Mon regard croisa celui du cousin Jean. Un cousin germain de mon père qui habitait à quelques kilomètres de Grand-Pré. Lorsqu'il vit mon père, Jean courut à notre rencontre en criant :

— Pourquoi es-tu revenu, François ?

— Je pensais que vous auriez besoin de moi pour vous battre, lui répondit mon père.

D'un geste de la main, Jean montra les nombreux soldats qui nous entouraient.

— Comment veux-tu que nous nous défendions, dit-il, sans armes ! Ils ont brûlé nos maisons, confisqué nos terres et nos biens, nos bêtes et nos récoltes. Nous n'avons plus rien ! Et maintenant, ils parlent de nous déporter dans les colonies anglaises avec nos familles ! Tu aurais dû fuir avec ta femme et tes enfants, et faire comme certains, rejoindre les Micmacs dans la forêt et te cacher sur leur territoire. Moi, je n'ai pas eu le temps, ils m'ont eu par surprise, en pleine nuit. Le 1er août, ils ont arrêté les prêtres de Grand-Pré, ceux de la Rivière-aux-Canards et d'Annapolis Royal. Ils ont transformé les églises en casernes. Ces impies ne respectent rien ! Ils nous haïssent et veulent notre mort.

Jean parlait fort, pour se faire entendre des soldats. Des Acadiens s'étaient rapprochés et manifestaient aussi leur mécontentement. Six militaires entourèrent alors le petit groupe et frappèrent le cousin Jean pour qu'il se taise. Sa femme l'aida à se relever.

— Je t'en prie, Jean, tais-toi. Tais-toi, dit-elle en pleurant. Si tu continues, ils vont nous tuer.

J'eus alors l'impression que mon père cherchait quelqu'un dans la foule. Je m'approchai et l'interrogeai :

— Qui cherches-tu ?

— Je cherche Paul et sa famille, me répondit-il.

Paul était son ami d'enfance. Ils étaient nés dans le même village, avaient grandi ensemble et lorsque mon père était venu s'installer à Grand-Pré, Paul l'avait suivi. François, qui était l'aîné d'une famille de huit enfants, avait toujours considéré son ami Paul comme son frère. Depuis deux ans, Paul ne venait plus à la pêche avec nous l'été, car sa femme, qui était de Port-Rossignol, préférait passer la belle saison dans sa ville natale avec sa famille.

Mon père tentait de se frayer un passage parmi les prisonniers rassemblés autour de nous. Soudain, je vis son regard s'éclairer. Il venait d'apercevoir Louise Thériault, la mère de Paul. Il se dirigea rapidement vers elle. Je le suivis.

— Louise ! Louise ! appela-t-il.

La vieille femme, qui était recroquevillée contre un mur, ne réagit pas aux appels de mon père. François s'approcha d'elle. Elle leva son visage vers lui, un visage méconnaissable, baigné de larmes, vieilli et transformé par la douleur.

— Que se passe-t-il, Louise ? Où sont Paul et les siens ? hurla mon père.

Louise se mit à gémir, puis à sangloter. Elle ferma les yeux et balança la tête de gauche à droite. Son chignon s'était défait, de longues mèches grises tombaient sur ses épaules. Enfin, Louise murmura :

— Morts. Sa femme et ses trois enfants aussi. Ils sont tous morts, François. Les Anglais les ont tués parce que Paul a refusé de quitter sa maison. Il a voulu se battre. Mon Dieu, ils sont morts ! Les soldats ont voulu les conduire de force à l'ancienne église où le colonel John Winslow avait ordonné de nous garder prisonniers. Un de ses amis l'avait averti, mais il ne voulait pas se rendre aux Anglais. Il voulait se battre ! Pourquoi ont-ils tué mon fils et mes petits-enfants ?

Je vis alors pour la première fois mon père tomber à genoux et pleurer comme un enfant. Impuissant devant le chagrin de cette femme qui aurait pu être sa mère, il se laissa aller à sa douleur. Mes frères aînés, qui nous avaient rejoints, tentèrent vainement de le réconforter. Pierre-Marie l'aida à se relever et l'entraîna vers ma mère. Moi, je ne pouvais détourner mon regard de Louise qui se mit à parler toute seule. Elle s'adressa à un homme, qu'elle prit pour son fils Paul, lui caressa doucement la joue et lui demanda des nouvelles de ses petits-enfants. L'homme la repoussa gentiment, comprenant que la pauvre Louise rejoignait lentement le monde de la folie.

Nous retrouvâmes Marie, inquiète.

— J'ai appris que les Anglais ont l'intention de nous embarquer sur les navires qui attendent au large. Comment vont-ils faire, François ? Nous sommes plus de six cents ! Où vont-ils nous amener ?

Mon père, qui n'arrivait pas à maîtriser son chagrin, ne put lui répondre. Il regarda Permélie que Marie avait déposée à terre. La petite fille se leva et fit un pas en avant, dans notre direction, puis un second. Les premiers pas de ma sœur vinrent réjouirent notre cœur, dans la triste confusion du moment.

5

La séparation

La nuit commençait à tomber et Marie s'installa dans un petit coin tranquille pour allaiter Permélie. Mon père, silencieux, pensait à son ami d'enfance, son ami de toujours qu'il ne reverrait plus jamais.

Au début de la soirée, on nous distribua une soupe clairette dans laquelle surnageait un morceau de pain sec. Un prisonnier protesta.

— C'est tout ce qu'ils nous donnent à manger ! Depuis quatre jours, nous avons la même soupe, deux fois par jour ! Et nos enfants ? hurla-t-il. Nos enfants doivent-ils mourir de faim pour assouvir votre vengeance ?

Il n'obtint aucune réponse à ses cris. Les prisonniers se jetèrent sur les écuelles, chacun essayant d'apaiser sa faim.

La nuit se déroula dans les sanglots des uns, les prières des autres, les cris de révolte de certains. Nous passâmes plusieurs jours ainsi, jusqu'au matin du 10 septembre, lorsque les soldats vinrent chercher quelques familles pour les convoyer jusqu'aux vaisseaux.

— Nous ne voulons pas partir ! cria un prisonnier.

— Pas question que nous embarquions sur vos navires si nous ne savons pas où nous allons, reprit un autre.

Des femmes hurlaient, des hommes s'accrochaient à des parents âgés que des soldats retenaient. Dans le tumulte de cette foule en colère, je pris peur et m'enfouis sous les jupes de ma mère, comme je le faisais autrefois lorsque j'étais petit. Marie tenta de me rassurer en me caressant tendrement la tête. Le tremblement nerveux qui avait envahi mon corps s'atténua lentement.

— Voyons Mathieu, tu ne crains rien. Nous sommes tous là, tes frères, ton père et moi. Allons, ressaisis-toi, mon fils !

Je consentis enfin à réapparaître lorsque les cris et les hurlements cessèrent autour de nous. Les soldats, n'ayant pu contraindre les prisonniers à les suivre, se retirèrent d'un commun accord. Je respirais de soulagement. Je ne savais pas alors que cela n'était qu'un répit, et qu'un monstre allait briser ma vie en même temps que celle de plusieurs centaines de familles.

En effet, conscient des difficultés auxquelles ses hommes étaient confrontés, Winslow décida de réunir ses officiers pour trouver, avec eux, une solution définitive. Cela se passait à quelques mètres seulement de nous, et nous étions à cent lieues de nous douter de ce qui se tramait.

Le colonel entra le dernier dans l'église où tous les officiers avaient reçu l'ordre de se rendre. Il se dirigea d'un pas déterminé vers le chœur, puis s'installa face à l'assemblée. Son regard de glace parcourut rapidement ses hommes et, sans attendre, sa voix résonna dans toute la salle.

— Messieurs, il est inutile de vous préciser que ce climat de révolte ne me dit rien qui vaille. Aussi, il nous faut prendre des mesures sévères pour briser la résistance de ces gens. Nous allons les séparer pour éviter que des troubles ne viennent entraver nos projets. Nous commencerons par embarquer les jeunes gens. Ensuite, nous embarquerons les autres prisonniers en prenant soin de séparer les familles.

Un officier ne put retenir son indignation :

— Colonel, les ordres sont formels. Nous ne pouvons les séparer. Il est dit que les habitants d'un même village doivent, autant que possible, être embarqués sur le même navire...

— Je viens de vous dire que le climat actuel frôle la révolte et je ne veux pas compromettre la vie de mes hommes !

— Colonel, permettez-moi de me retirer, répondit le jeune officier.

— Non Monsieur, vous ne pouvez vous retirer comme cela. Vous vous devez d'obéir à mes ordres ou vous serez considéré comme un traître et traité comme tel !

L'officier, qui connaissait l'inflexibilité de son supérieur, fut contraint de se taire et se mit au garde-à-vous.

Puis, se tournant vers les autres officiers, Winslow ajouta :

— Messieurs, faites votre devoir au nom de l'Angleterre !

Pendant ce temps, le calme était revenu parmi les prisonniers, car le bruit courait qu'une décision devait être prise à leur sujet. Je tremblais à l'idée d'être séparé des miens. Nous nous demandions quel serait notre sort, lorsque trois cents soldats nous entourèrent, armes aux poings.

Un officier cria :

— Que tous les jeunes gens viennent se ranger sur ma gauche !

Mes frères se regardèrent, étonnés. Marie sentit le danger et s'élança dans les bras d'Adrien pour le retenir.

— N'obéissez pas, je vous en prie, n'y allez pas, supplia-t-elle.

Alors que ma mère tentait de retenir mes frères, les autres jeunes gens se dirigeaient lentement vers l'officier. Pierre-Marie et Adrien avancèrent à leur tour, sous le regard malheureux de mes parents.

Nous nous demandions pourquoi les jeunes gens avaient ainsi été mis à l'écart. Nous comprîmes hélas trop tard l'horreur de la situation, lorsqu'un capitaine, accompagné d'un lieutenant et de quatre-vingts soldats, entourèrent le groupe de jeunes et que Winslow réapparut.

— Conduisez-les aux navires ! cria-t-il.

— Avancez ! hurla alors un soldat aux jeunes prisonniers.

Mon frère Adrien se tourna vers Pierre-Marie.

— Je n'avancerai pas, lui dit-il calmement. Je ne laisserai pas ma famille.

Son jumeau approuva de la tête et se serra contre lui. Près d'eux, un jeune homme qui avait entendu, cria soudain :

— Nous ne bougerons pas d'ici sans nos familles !

— Nous ne nous laisserons pas faire ! hurla un autre.

Paniqué par les cris et l'atmosphère de violence qui régnait autour de moi, je me rapprochai à nouveau de ma mère. Interloqués par la résistance des jeunes, leurs parents et les autres prisonniers n'osèrent intervenir.

— Si vous n'avancez pas, vous mourrez ! reprit le soldat.

— Je préfère mourir en Acadien libre, près de mon père et de ma mère, répondit un jeune homme.

Autour de lui, les autres criaient leur approbation et leur soutien. La révolte n'était pas loin.

— Nous vous tuerons tous si vous n'obéissez pas, cria encore l'officier.

Personne ne bougea. Aucune menace ne fit fléchir le groupe de jeunes gens qui semblait braver les soldats. Voyant cela, Winslow prit peur et ordonna à ses hommes :

— Baïonnettes aux canons ! Avancez et chargez s'ils n'obéissent pas !

Nous sursautâmes au bruit sec que firent les soldats en ajustant leurs baïonnettes aux fusils. Puis, les trois cents hommes armés et prêts à faire feu avancèrent lentement vers les jeunes gens. Les visages étaient tendus et, dans le silence pesant, on n'entendait que le pas lourd et cadencé des soldats qui approchaient.

Adrien et Pierre-Marie tournèrent ensemble leur visage vers mes parents. J'étais au bord des larmes : mon père pleurait en silence pendant que ma mère, qui tenait dans ses bras la petite Permélie, suffoquait de douleur. Voyant cela, Pierre-Marie décida le premier d'avancer. Il fit un pas en direction de l'officier qui avait donné l'ordre aux jeunes de se regrouper sur sa gauche, suivi de mon frère Adrien, et bientôt des autres jeunes.

Le groupe marchait très lentement. Des jeunes se mirent à prier tout haut, d'autres entonnèrent des chants acadiens qui s'élevaient en une triste plainte au-dessus de nous. Certains se lamentaient en cherchant désespérément du regard des parents, des amis, des fiancées qui, impuissants, les regardaient partir.

Un homme lança un mot d'encouragement à son fils, une femme cria sa détresse, une jeune fille hurla son amour à son fiancé.

Les femmes et les enfants se postèrent au-devant du groupe des jeunes gens, s'agenouillèrent et se mirent à pleurer. Je m'agenouillai à côté de ma mère, sous les regards douloureux de mes deux frères, Adrien et Pierre-Marie, qui partaient contraints et forcés. Je n'étais pas sûr de les revoir un jour.

— Prends bien soin des parents, me lança Adrien.

Mon père, resté un peu en arrière, cria à ses deux fils :

— Que Dieu vous garde !

Nous les suivîmes, ma mère et moi, durant un mille et demi. Puis les soldats nous repoussèrent avec les autres prisonniers. Nous eûmes à peine le temps de voir mes frères grimper dans la barque qui glissa doucement vers l'un des navires où ils furent embarqués.

Après le départ des jeunes gens, un immense désespoir s'installa parmi les prisonniers, et seuls quelques gémissements vinrent troubler le silence de mort qui régnait sur le camp.

Deux heures plus tard, tel un oiseau de malheur, Winslow réapparut.

— Nous avons encore de la place pour une centaine d'hommes mariés. Choisissez-les parmi vous. Ils partiront aussi ! annonça-t-il.

Évidemment, certains pères voulurent immédiatement rejoindre leurs fils. D'autres, comme mon père, ne souhaitant pas abandonner leurs femmes et leurs enfants en bas âge, furent confrontés à un grand dilemme. Ma mère, pour qui seule la vie de ses fils comptait, le poussa à partir avec eux.

— Va, va rejoindre nos fils, dit-elle à François. Je me débrouillerai avec Mathieu et Permélie. Je t'en prie François, ne les laisse pas seuls !

Mon père n'eut pas beaucoup de temps pour réfléchir, car les soldats arrivaient déjà pour convoyer les « volontaires », qui n'étaient pas plus de quatre-vingt-neuf, vers les navires. Très rapidement,

François embrassa ma mère et ma sœur. Il me souleva de terre, me serra très fort dans ses bras et me chuchota dans le creux de l'oreille, comme s'il me confiait un secret :

— Je reviendrai, mon fils. Et toi aussi, tu reviendras vivre un jour en Acadie. Ce sera notre unique but. Nous nous retrouverons ici, et nous reconstruirons ensemble notre maison au même endroit ! Occupe-toi de ta mère et de ta sœur. Je te les confie. Que Dieu vous protège tous les trois…

Puis, il partit sans se retourner, afin de nous cacher ses larmes. Ce soir-là, épuisés par les événements de la journée, Marie et moi nous serrâmes l'un contre l'autre pour nous endormir. Au loin, deux vaisseaux se fondaient dans la brume et disparaissaient lentement vers une terre inconnue, emportant dans leur ventre des hommes hébétés par le malheur. Mon père et mes frères faisaient partie du voyage.

6

Voyage vers l'inconnu

Durant les jours et les nuits qui suivirent, les femmes, quelques hommes, les enfants et les personnes âgées qui étaient restés à Grand-Pré pour attendre le prochain embarquement, passèrent leur temps à prier et à pleurer. Tous les prisonniers étaient épuisés par cette attente qui n'en finissait pas et leur moral était au plus bas. Ma mère s'était organisée et avait installé, dans un petit coin, quelques hardes, oubliées par des prisonniers, sur lesquelles nous dormions.

Nous vécûmes ainsi plusieurs jours dans l'inquiétude la plus totale.

— Je me demande bien ce que Winslow va faire de nous, ne cessait de répéter ma mère.

Nous reprîmes quelque espoir à l'aube du quinzième jour, lorsque plusieurs soldats vinrent nous tirer de notre sommeil.

— Debout ! cria l'un d'eux. Nous allons vous embarquer sur les navires. Préparez-vous à partir.

— Où allons-nous ? demandai-je à Marie qui serrait ma main dans la sienne.

— Je ne sais pas. Je pense qu'ils ont décidé de nous faire monter à bord des trois navires qui attendent depuis quinze jours au mouillage.

Les soldats nous firent signe de les suivre. Ma mère prit Permélie dans ses bras, et nous nous dirigeâmes avec les autres prisonniers vers des canots qui attendaient sur la plage. Nous marchâmes pendant vingt minutes avant d'atteindre la plage. Je remarquai que nous étions très nombreux et fis part de mon étonnement à Marie.

— Comment allons-nous tous entrer dans ces bateaux, Maman ? Nous sommes trop nombreux !

Ma mère ne répondit pas, mais je vis les traits de son visage se durcir. J'en conclus que nous n'étions pas au bout de nos peines.

J'avais raison, car lorsque nous fûmes jetés dans la cale de l'un des trois navires, je constatai que nous étions plus que le vaisseau ne pouvait contenir. Entassés les uns sur les autres, il nous était difficile de nous allonger. De plus, les couples avaient été volontairement séparés, et des vieillards se retrouvaient seuls, sans leur famille.

Un homme se leva et demanda le silence.

— Il faut que les hommes se regroupent dans un coin, pour permettre aux femmes de s'occuper des enfants et des vieillards, dit-il.

Son intervention fut approuvée par tous les hommes, qui s'installèrent ensemble à l'avant du navire. L'air devint très vite irrespirable et bientôt une odeur âcre de sueur et d'urine se répandit. Lorsque nous fûmes installés, nous pensâmes que notre calvaire allait enfin se terminer. Ce ne fut hélas pas le cas, car l'attente dura encore trois semaines, dans des conditions beaucoup plus pénibles que celles que nous avions connues jusqu'alors. Nos geôliers ne nous donnaient plus qu'une soupe par jour et plusieurs personnes trop âgées avaient déjà succombé d'épuisement et de malnutrition. Afin de ne pas m'alarmer, Marie tentait de me cacher son angoisse, mais je lisais dans son regard la peur qui la tenaillait.

Un jour, n'y tenant plus, elle prit son courage à deux mains et interrogea un soldat.

— Que se passe-t-il, militaire ? Pourquoi ne levez-vous pas l'ancre ? demanda-t-elle.

— Nous attendons des vivres pour pouvoir prendre la mer, lui répondit-il. Nous n'avons plus rien à manger et des soldats sont partis réquisitionner des vivres dans les terres. Il nous faut attendre leur retour.

Enfin, une semaine plus tard, dans un grand fracas, le vaisseau leva l'ancre et nous prîmes la mer. Avec quelques autres enfants, je me précipitai vers une petite ouverture d'où nous pouvions voir s'éloigner notre patrie, l'Acadie. C'est alors que je pris véritablement conscience du terrible malheur qui s'était abattu sur nous. Loin de mon père et de mes frères, exilé vers une patrie inconnue, je n'étais plus un Acadien, mais plutôt un apatride blessé au plus profond de son être, humilié de devoir se soumettre à ses ennemis.

Les jours et les nuits s'écoulèrent lentement ; dans la cale, les prisonniers tentaient de s'organiser. Deux fois par jour, des soldats nous distribuaient un maigre repas. Une incroyable solidarité s'était instaurée parmi nous, et les hommes les plus robustes n'hésitaient pas à se priver d'un repas pour le donner aux plus faibles, aux femmes et aux enfants. Malgré cela, des vieillards tombèrent malades, et des enfants moururent. Un soir, je surpris une conversation entre ma mère et une jeune femme qui s'était installée près de nous avec son petit garçon de trois ans. Marie semblait inquiète.

— Ma fille a de la fièvre depuis deux jours, disait-elle, et je ne peux plus l'allaiter. Je n'ai plus de lait. Cela fait trois jours, aujourd'hui, qu'elle n'a rien mangé. J'ai peur qu'elle ne soit très malade.

Je me tournai vers elle. Elle tenait Permélie dans ses bras, et je fus frappé par son visage aux traits tirés et son regard anxieux. Ses beaux yeux verts ne pétillaient plus comme autrefois. Je me levai, me dirigeai vers elle et me penchai sur le visage blafard de Permélie. Je me sentis défaillir en découvrant que le souffle de l'enfant était presque imperceptible. En pleurant, je demandai à Marie :

— Permélie ne va pas mourir, n'est-ce pas Maman ?

Sans répondre, Marie déposa un baiser sur le front brûlant du bébé. Le lendemain matin, Permélie n'était plus de ce monde. Ma mère l'enveloppa dans un linge et remit le petit paquet à un soldat qui fut chargé de jeter le corps à la mer. Puis, en pleurant, Marie enfouit rapidement dans sa jupe le petit bonnet de dentelle de Permélie. J'appris plus tard que ce modeste souvenir l'avait accompagnée toute sa vie.

Devant l'immense chagrin de ma mère, je jurai ce jour-là de me battre jusqu'à mon dernier souffle pour retourner vivre en Acadie, pour la mémoire de ma sœur, mais aussi pour retrouver notre bonheur perdu.

Notre voyage continua encore pendant plusieurs jours. Enfin, ce fut un soulagement général lorsque nous apprîmes que la terre était en vue et que nous allions accoster. Nous étions arrivés à New York.

On nous fit débarquer immédiatement, et c'est le regard stupéfait des New-Yorkais qui nous fit prendre conscience de notre état lamentable. Nous n'étions plus qu'un groupe de pauvres gens hébétés et d'une saleté repoussante, complètement démunis, affamés et en haillons. Les habitants de New York, à qui l'on avait répété que les Acadiens étaient des sauvages illettrés et dangereux, ne s'attendaient pas à ce triste spectacle. Ils avaient devant eux des gens simples, faméliques et désespérés.

On nous regroupa sur un embarcadère où plusieurs juges de paix nous attendaient. Ils avaient reçu la charge de nous placer dans des familles honnêtes, protestantes et pratiquantes, qui devaient nous apprendre leur langue et leur religion, pour nous obliger à oublier notre culture.

Lorsque notre tour arriva, le juge s'adressa à ma mère en anglais.

— *What's your name*? demanda-t-il.

Marie, qui connaissait quelques rudiments d'anglais, mit un point d'honneur à lui répondre en français.

— Je m'appelle Marie Martin et mon fils se prénomme Mathieu, répondit-elle en m'attirant près d'elle.

L'homme, qui parlait le français, comprit que Marie ne ferait aucun effort et décida de continuer dans notre langue.

— C'est la famille Smith qui est chargée de s'occuper de vous. Ce sont des fermiers qui habitent dans un comté de New York, dit-il. Par contre, votre fils...

Il n'eut pas le temps de terminer sa phrase. Marie plongea son regard dans le sien et dit d'une voix blanche :

— Mon fils vient avec moi !

L'homme sembla ne pas entendre ma mère et continua :

— Votre fils va être placé dans une autre famille. Il ne peut rester avec vous. Ce sont les ordres et ils sont formels.

Inquiet, je scrutai le visage de ma mère. Il était blême, ses maxillaires se contractèrent et ses narines frissonnèrent. Puis elle s'agenouilla devant le juge et le supplia :

— Je vous en prie, c'est le seul enfant qui me reste. Je vous en supplie... Si nous devions être séparés, j'en mourrais !

C'est alors qu'un homme de grande stature, au regard noir et imposant, s'approcha de nous.

— Je suis Monsieur Smith. Je ne vois aucun inconvénient à m'occuper de cette femme et de son fils. Ces pauvres gens ont assez souffert comme cela. Un peu d'humanité, s'il vous plaît !

Gêné par l'intervention de cet homme à l'allure impressionnante, le juge n'osa rien ajouter. La mise élégante de l'homme, sa prestance naturelle lui imposèrent le silence. Il se contenta de ratifier un acte, de le signer et de le tendre au fermier. Puis il cria :

— *Next !*

Rapidement, Monsieur Smith nous entraîna à sa suite. Il nous fit monter dans une carriole tirée par deux chevaux. En traversant New York, nous découvrîmes une ville grouillante de monde, aux rues boueuses, où les élégantes relevaient légèrement leur robe pour ne pas la salir. La cité, qui ne s'étendait alors qu'à la pointe méridionale de l'île de Manhattan, était très active et peuplée de cinq mille habitants. De jolies maisons en bois aux balustrades ouvragées côtoyaient des fermes de briques, et de nombreux moulins dominaient la ville. Il faut dire que la farine était l'une des principales denrées exportée vers l'Europe. J'aperçus dans la foule des trappeurs qui négociaient des peaux de castors, de loutre et de vison ; quelques Noirs ; des marins qui cherchaient un embarquement ; des émigrés en quête d'un employeur... Je fus immédiatement fasciné par cette ville pour laquelle je ressentis un sentiment d'attraction mêlé de répulsion. Jamais, auparavant, je n'avais éprouvé une telle sensation. Il faut dire que je n'avais jamais quitté ma province d'Acadie où la vie était si simple.

7

La ferme des Smith

Nous fîmes une trentaine de kilomètres avant d'arriver devant une très belle ferme entourée d'immenses terres. L'homme chargé de notre « insertion » n'avait pas prononcé un seul mot durant le voyage. Il nous fit signe de descendre.

— Suivez-moi, nous dit-il simplement.

Il poussa une porte et appela :

— Élisabeth ! Élisabeth !

Une jolie jeune femme aux yeux clairs pénétra dans la pièce. Elle devait avoir l'âge de ma mère, et ses cheveux blond pâle tombaient en auréole autour de son charmant visage au petit nez mutin. Elle ressemblait à une madone italienne. Élisabeth s'approcha, et son regard d'émeraude se posa sur nous.

— Mon Dieu ! Dans quel état sont-ils ! Qu'ils sont maigres. Ce sont des Acadiens, John ? s'écria-t-elle en anglais. Ils ne semblent pas aussi dangereux qu'on le dit. Je vais immédiatement leur préparer quelque chose à manger. Ils doivent avoir faim.

Puis, s'adressant à ma mère en français :

— Comment vous appelez-vous ?

— Mon fils s'appelle Mathieu, et moi Marie.

La jeune femme nous fit signe de nous asseoir à la grande table, au centre de la cuisine. Elle allait et venait, disposant du pain, du lait, du beurre et du lard. Puis elle se dirigea vers l'âtre où d'un chaudron brûlant s'élevait un fumet odorant. Les yeux de Marie m'ordonnèrent de ne pas bouger ; attendre fut pour moi un véritable supplice. Enfin, la maîtresse de maison revint avec deux plats de haricots mijotés et nous proposa de dîner. Nous nous jetâmes alors sans aucune retenue sur les mets qui nous étaient offerts, sous les yeux ahuris de nos hôtes qui ne se doutaient pas à quel point nous avions faim.

Lorsque nous fûmes repus, Élisabeth nous invita à prendre une nuit de repos.

— Vous allez vous installer dans la petite maison, près de l'étable. Vous y serez très bien. John va vous y conduire.

Alors qu'Élisabeth parlait, je m'étonnai de ne pas voir d'enfants autour de nous. Les amis de mes parents, nos cousins, nos voisins, avaient au moins quatre ou cinq enfants, et je n'avais encore jamais rencontré de couple sans enfants.

John nous entraîna vers une petite maison en bois, modestement meublée de deux lits, d'une table et d'un coffre. Son confort nous parut un véritable luxe après ce que nous avions vécu. Élisabeth nous avait suivis, en portant un seau d'eau.

— Voici de l'eau chaude pour votre toilette, dit-elle. Reposez-vous, nous parlerons demain.

Après leur départ, Marie s'assit sur le lit et fondit en larmes. Je tentai vainement de la consoler, mais mes paroles de réconfort ne réussirent pas à calmer son chagrin. Entre deux sanglots, je l'entendis articuler :

— Je suis épuisée, Mathieu. Et ces gens ont l'air tellement gentils. Je ne sais plus quoi penser. Les Anglais ont détruit notre famille, et nous voici à des milles de notre pays, dans une maison qui n'est pas la nôtre, où des Anglais accueillants nous offrent le gîte.

Puis, harassés de fatigue, nous nous endormîmes serrés l'un contre l'autre.

Nous fûmes réveillés, le lendemain matin au chant du coq, par Élisabeth qui frappa à notre porte.

— Je vous ai apporté du lait, du pain, des œufs frais et du beurre. John et moi voudrions vous parler. Voulez-vous nous rejoindre dans la cuisine ? demanda-t-elle d'une voix douce.

Une heure plus tard, nous retrouvions nos hôtes. John, l'air sérieux, nous pria de nous asseoir.

— Lorsqu'on m'a proposé d'accueillir des Acadiens chez moi pour les éduquer, je ne m'attendais pas du tout à recevoir des gens simples blessés par la guerre. J'imagine quelles ont été vos souffrances et vos douleurs. Je tiens à vous dire que chez moi, vous n'êtes pas prisonniers. Je veux vous aider, surtout, à retrouver votre fierté. Je vous propose de travailler pour moi. Marie pourra aider Élisabeth et s'occuper des bêtes. Mathieu travaillera avec moi dans les champs. Vous serez payés normalement, et je vous garantis le gîte en plus d'un salaire. Je n'ai jamais exploité personne. Et surtout pas de pauvres gens.

Ma mère baissa les yeux et remercia. Ainsi donc, dans notre malheur, nous avions la chance de rencontrer un couple d'Anglais bons et généreux. Je ne savais pas, alors, à quel point eux aussi avaient souffert.

8

Un moment de joie

Six mois s'étaient écoulés depuis notre arrivée chez les Smith, et nous commencions à nous habituer à notre nouvelle vie. Élisabeth et John faisaient leur possible pour nous rendre heureux. Chaque matin, j'accompagnais le maître de maison dans les champs où nous passions la journée à travailler. Il était très gentil et très attentionné avec moi. Il me considérait un peu comme son fils et me rappelait mon père. Un jour, alors que nous revenions des labours, je lui demandai :

— Pourquoi n'avez-vous pas d'enfants ?

Son regard s'assombrit. Il prit un temps de réflexion, comme s'il tentait de se souvenir de quelque chose, puis il leva la tête et fixa un instant le ciel avant de répondre :

— Nous avons eu un enfant. Il est mort à huit mois. Les médecins ont conclu qu'Élisabeth ne pouvait plus avoir d'enfant. Mon fils s'appelait Matthew. Aujourd'hui, il aurait ton âge.

Je compris alors pourquoi John était si gentil et si prévenant avec moi.

Marie passait ses journées avec Élisabeth. Ensemble elles préparaient les repas, s'occupaient des tâches ménagères et des animaux. Les deux femmes étaient devenues amies et s'entendaient à merveille. Nous n'étions pas malheureux, loin de là, mais notre famille et notre pays nous manquaient énormément.

Un jour, un homme se présenta à la ferme. Il arrivait de Virginie et se prénommait Alexander. C'était un vieil ami de John, qui commerçait à travers l'Amérique du Nord et passait son temps sur les routes. Il était parmi nous depuis quelques jours, lorsque Marie surprit une conversation entre les deux hommes.

— J'ai rencontré en Virginie, disait Alexander, un planteur qui exploite des esclaves noirs et des Acadiens pour la récolte du tabac. C'est une honte d'humilier un être humain parce que la couleur de sa peau ou ses idées ne correspondent pas aux nôtres. La condition de ces pauvres gens est ahurissante. J'ai eu l'occasion de parler avec un homme extrêmement abattu, un Acadien qui a été séparé de sa famille et qui est obligé de travailler gratuitement dans les champs de tabac. Son histoire m'a beaucoup émue. Il avait trois fils, deux jumeaux et un petit garçon de douze ans, et pour ne pas laisser ses deux fils aînés seuls, il s'est embarqué avec eux. Hélas, il n'a pu voyager avec eux et s'est retrouvé seul. Il ne pensait qu'à une chose, rejoindre les siens et retourner vivre en Acadie. Avant que je ne quitte la Virginie, il s'est enfui de la plantation.

Bouleversée par ce qu'elle venait d'entendre, Marie demanda :

— Je le connais peut-être ? Vous a-t-il dit son nom ?

— Oui, il s'appelait François. François Martin.

Mon cœur se mit à battre plus rapidement dans ma poitrine. Je me tournai vers Marie dont le visage avait pâli. Alexander venait de prononcer le nom de mon père.

— Dieu soit loué ! s'exclama Marie, il est vivant !

Étonné par la réaction de ma mère, Alexander demanda :

— Le connaissez-vous ?

Marie et moi répondîmes d'une seule voix :

— C'est mon père !

— C'est mon époux !

Devant notre grande émotion, Élisabeth et John s'empressèrent de poser des questions au visiteur.

— Sais-tu vers quelle destination il a pu se diriger ? demanda John. Était-il seul ? Peut-on le retrouver ?

— Hélas, je n'ai pas eu d'autres nouvelles de lui. Certains de ses amis acadiens restés à la plantation pensent qu'il a sûrement tenté de rejoindre les deux vaisseaux qui ont accosté à Hampton, en Virginie, et qui appartiennent à un groupe d'Acadiens déportés en Caroline du Sud. La province, qui ne souhaitait pas les recevoir, leur a offert quelques vivres et deux vaisseaux en piteux état, à condition qu'ils partent n'importe où ailleurs. La rumeur circule qu'ils ont décidé de retourner vivre en Acadie.

— Ces vaisseaux sont-ils encore à Hampton ? demanda Marie.

— Oh oui ! Et ils ne sont pas près de partir : les deux bâtiments sont en trop mauvais état. Je ne sais vraiment pas comment ils ont pu naviguer jusqu'à Hampton ! Les Acadiens souhaitent troquer les deux vaisseaux contre un autre, en état de naviguer. Et puis, pour reprendre la mer, il leur faudra des vivres. Ils vont sûrement être obligés de rester en Virginie plusieurs mois !

Une idée me traversa l'esprit, celle de partir à Hampton. La petite lueur qui apparut dans les yeux de Marie me réconforta, car je sus alors que nous avions eu la même pensée.

Lorsque nous nous retrouvâmes tous les deux seuls, le soir, je ne pus me retenir de lui demander :

— Quand partons-nous pour Hampton ?

Son visage s'illumina et elle me sourit.

— Crois-tu que cela soit bien raisonnable ? répondit-elle.

— Plus que raisonnable, Maman ! C'est notre devoir que de rejoindre les nôtres et notre unique chance de retrouver Papa.

— Allons nous coucher, Mathieu. La nuit porte conseil. Nous reparlerons de tout cela demain matin, et nous demanderons leur avis à John et à Élisabeth.

Excité par la possibilité de retrouver mon père et de retourner en Acadie, j'eus des difficultés à trouver le sommeil. Je revoyais en songe notre maison de Grand-Pré et les merveilleux moments passés en mer avec mes frères et mon père.

Le lendemain matin, dès le lever du soleil, ma mère et moi nous précipitâmes à la ferme. John et Alexander étaient déjà attablés devant un solide déjeuner. Élisabeth, assise devant la cheminée, surveillait une soupe de haricots blancs qui mijotait sur le feu. Lorsque nous apparûmes dans l'embrasure de la porte, les deux hommes se tournèrent vers nous. C'est John, le premier, qui parla.

— Marie, dit-il en s'adressant à ma mère, la nuit dernière je n'ai pas pu dormir. J'ai longuement réfléchi et je me suis posé un grand nombre de questions. Je me suis demandé ce que je ferais à votre place. La réponse m'est venue naturellement : je partirais à la recherche de ma femme. Ce matin, nous en avons parlé avec Élisabeth et Alexander et nous avons décidé de vous aider à retrouver votre époux.

Heureuse de cette décision, Marie ne put retenir son émotion. Quant à moi, ne pouvant contenir ma joie, je sautai au cou de John et le remerciai.

— C'est mon ami Alexander qui va vous conduire à Hampton, continua John, quelque peu gêné par mes effusions de joie. Il doit y retourner demain pour ses affaires. Et si vous ne retrouvez pas votre époux, il vous hébergera tous les deux et vous ramènera au printemps prochain. Vous prendrez la route demain matin à l'aube. En attendant, nous allons déjeuner. Le travail nous attend ! n'est-ce pas Mathieu ?

Je lui répondis rapidement par un signe de tête et un sourire. Puis, comme chaque jour, nous partîmes John et moi, en charrette, pour travailler aux champs. Cette journée me parut interminable. Mon esprit était confus et troublé, car j'étais à la fois triste de quitter cette famille qui nous avait adoptés, et très heureux à l'idée de partir à la recherche de mon père.

À la tombée de la nuit, sur le chemin du retour, sans quitter du regard le soleil couchant à l'horizon, et comme s'il s'adressait à lui-même, John murmura :

— Tu vas beaucoup me manquer, petit.

Je compris alors combien son affection m'avait aidé durant notre séjour chez lui.

Lorsque nous arrivâmes à la ferme, Élisabeth, Marie et Alexander nous accueillirent devant une table de fête. Nous nous régalâmes d'une tourte au lard, de pommes de terre écrasées et mélangées à du beurre, et de viande fumée.

Nous passâmes cette nuit-là, Marie et moi, à nous remémorer tous nos souvenirs et à imaginer notre avenir. Notre prochain départ et l'espoir de retrouver mon père nous redonnaient ce courage qui semblait nous avoir abandonnés ces derniers temps.

9

LE DÉPART

C'est Élisabeth, le lendemain à l'aube, qui frappa à notre porte. Lorsque ma mère lui ouvrit, la jeune femme lui tendit timidement un paquet.

— Je vous ai apporté des vêtements neufs pour vous et Mathieu, dit-elle un peu gênée. Nous vous attendons à la cuisine. Venez nous y rejoindre lorsque vous serez prêts.

Très émue, Marie remercia, referma la porte et se dépêcha d'enfiler la robe offerte par Élisabeth. Lorsqu'elle fut prête, je ne pus retenir mon admiration devant la beauté de ma mère. Elle avait relevé ses longs cheveux roux en un chignon placé bas sur la nuque, et le noir de sa robe mettait en valeur son teint pâle et ses yeux dorés. À son cou, elle portait une petite croix en or que lui avait donnée mon père à la naissance des jumeaux.

J'enfilai rapidement le pantalon, la chemise et la veste qu'Élisabeth avait confectionnés pour moi et qui devaient être, je l'appris plus tard, mon cadeau de Noël.

Lorsque fut venu le moment du départ, John me serra très fort contre lui.

— Tu es un sacré petit homme. Que Dieu te protège, me dit-il d'une voix troublée par l'émotion.

Il se tourna vers ma mère.

— Marie, je regrette que vous partiez. Sachez que ma maison vous sera toujours ouverte.

— Je vous remercie pour votre bonté d'âme, répondit ma mère, embarrassée.

Puis nous montâmes dans la charrette d'Alexander. Le fouet claqua et les chevaux se mirent en route. En jetant un dernier regard en direction de la ferme où nous avions passé ces derniers mois, je vis

John et Élisabeth, au loin, qui nous faisaient de grands signes d'adieu.

Nous roulâmes toute la journée, nous arrêtant de temps à autre pour laisser reposer les chevaux et les abreuver. Lorsque le soir arriva, nous installâmes notre bivouac dans une clairière. Alexander alluma un feu sur lequel Marie fit réchauffer de la soupe qu'elle avait préparée la veille avec Élisabeth, pour notre voyage.

Nous étions au mois d'août et les soirées commençaient à fraîchir. La beauté du ciel parsemé d'étoiles me fit monter les larmes aux yeux.

Notre voyage dura un mois et demi, durant lequel nous longeâmes la côte, découvrant les merveilleux paysages de la baie de Chesapeake. Lorsque nous nous arrêtions dans les villages côtiers pour laisser reposer les chevaux, les gens nous accueillaient toujours avec beaucoup d'amabilité. Nous croisions parfois des Indiens qui nous ignoraient, et les chariots surchargés de familles qui remontaient vers le nord.

Nous apprîmes aussi à mieux connaître Alexander, qui était d'origine irlandaise. Ses parents étaient venus s'installer à Hampton alors qu'il n'était qu'un enfant, et son père y travaillait encore comme négociant. Tout au long de notre voyage, Alexander nous parla de ses voyages en Europe, de ses traversées en mer et des mauvaises rencontres qu'il y avait faites. J'aimais ces histoires que j'écoutais avec beaucoup d'admiration et qui me transportaient d'aventure en aventure. Je m'aperçus, vers la fin de notre voyage, qu'il portait beaucoup d'attention à Marie.

— Êtes-vous marié ? lui demandai-je, un peu suspicieux.

— Non, je suis veuf depuis deux ans. Ma femme est morte d'une mauvaise fièvre. Mais j'ai deux enfants ! Une fillette de six ans et un petit garçon de huit ans. C'est ma mère qui s'occupe d'eux. Et si nous ne trouvons pas ton père à Hampton, je demanderai à Marie de s'en occuper, jusqu'au printemps prochain, si elle le veut bien.

Lorsqu'il se retourna vers Marie, je crus discerner dans son regard bien plus que de l'amitié.

Nous arrivâmes enfin à Hampton, que nous traversâmes. Bien que modeste, la ville était pourtant très animée et toutes les activités commerciales se déroulaient autour du port. Nous arrêtâmes notre charrette devant une échoppe et Alexander nous aida à descendre. Un garçonnet accourut vers lui et lui sauta au cou.

— Papa !

Il fut immédiatement suivi par une dame âgée, de forte corpulence, qui tentait de retenir une petite bonne femme rousse, au visage constellé de taches de rousseur et aux yeux noisette. La fillette trépignait sur place.

— Je veux aller voir Papa ! criait-elle du haut de ses six ans.

— Eh bien ! quelle réception, dit Alexander en riant.

Lorsque sa mère nous aperçut, elle l'interrogea du regard. Alexander nous présenta.

— Voici Marie et son fils Mathieu. Ils viennent à Hampton retrouver un époux et un père. Ils sont Acadiens, souligna Alexander.

Puis, il ajouta :

— Marie et son fils ont été accueillis par nos amis John et Élisabeth, à New York. Je t'expliquerai plus tard.

En se tournant vers nous, il précisa :

— Je vous présente ma mère, Victoria. Elle va s'occuper de vous.

Victoria nous invita à entrer.

C'était la première fois que nous pénétrions dans la maison d'un négociant. Il s'agissait d'une maison bourgeoise, à l'intérieur cossu. Des chaises de velours vert avaient été placées autour de la cheminée, et de lourdes tentures du même velours encadraient les fenêtres. Des bibelots et des tableaux composaient un ensemble harmonieux qui dégageait une certaine chaleur. Peu habitués à ce genre d'intérieur, Marie et moi n'osions avancer.

Victoria nous poussa vers la cuisine, nous proposa un siège et nous offrit un verre de lait. Nous restâmes ainsi en compagnie de cette femme au visage chaleureux, qui nous pressait de questions. Au bout de deux heures, n'y tenant plus, Marie demanda timidement si Alexander pouvait l'accompagner au port.

— Je vais aller faire un tour à la taverne, pour quérir des informations sur les Acadiens et leurs bateaux. Je serai de retour dans une heure ou deux, répondit-il.

— Puis-je vous accompagner? insista ma mère, impatiente de retrouver mon père.

— Non, Marie, ce ne serait pas judicieux. Notre voyage vous a épuisée, vous devez prendre un peu de repos. De plus, je dois régler quelques affaires personnelles.

Et, sans attendre de réponse, il sortit et disparut dans la foule.

10

Les quais du port de Hampton

Notre attente dura plus de trois heures ; malgré la gentillesse et la conversation de la vieille dame, nous souhaitions avec impatience le retour d'Alexander. Lorsqu'il apparut enfin, Marie et moi nous nous levâmes d'un seul bond, espérant de bonnes nouvelles.

— Les bateaux sont toujours là, nous dit-il. J'ai entendu dire que les Acadiens ont réussi à les vendre pour en acheter un autre, plus robuste et en meilleur état. Ils sont à la recherche de vivres pour prendre la mer. Ils sont cent cinquante à camper sur l'un des quais du port. Voulez-vous que je vous y accompagne, Marie ?

— Oui, s'il vous plaît, répondit Marie, dont le visage pâle reflétait l'angoisse.

Nous prîmes congé de Victoria et suivîmes Alexander en direction du port. La nuit commençait à tomber et les rues se vidaient lentement. L'animation de la ville avait disparu comme par enchantement, une paix rassurante prenait possession de la cité. Lorsque nous arrivâmes sur les docks, nous aperçûmes au loin le scintillement d'un feu dans la nuit. Une flamme d'espoir autour de laquelle des ombres allaient et venaient, devant une grande bâtisse en bois. Alexander s'arrêta un instant et se tourna vers Marie :

— Je pense que ce sont les vôtres, dit-il. Nous allons nous rapprocher.

Au fur et à mesure que nous avancions vers le campement, mon cœur battait de plus en plus vite, et je priais tout bas : « Mon Dieu, faites que mon père soit là. » Lorsque nous fûmes à quelques pas du groupe, nous aperçûmes des hommes, des femmes et des enfants en guenilles, qui tentaient de se réchauffer près du feu. La pâleur de leurs visages émaciés par la fatigue et la faim, leurs traits tirés, leurs corps amaigris, les faisaient ressembler à des fantômes sous la lumière fébrile des flammes.

Ils ne firent aucun geste à notre arrivée, comme s'ils ne s'étaient pas rendu compte de notre présence. Ma mère et moi tentions de reconnaître un visage ami, dans la pénombre, et nous dévisagions chacun d'eux, dans l'espoir de rencontrer mon père. Hélas, nous ne le vîmes pas. Marie s'approcha alors d'une femme qui recouvrait sa petite fille avec des guenilles pour la nuit.

— Connaissez-vous François Martin ? lui demanda-t-elle, en français.

La femme tourna son visage amaigri vers Marie.

— Il était là hier. Il est parti dans les terres avec d'autres hommes pour tenter d'acheter des vivres aux paysans. Qui êtes-vous ? Que lui voulez-vous ? répondit-elle méfiante.

— Je suis sa femme, dit simplement Marie.

Alexander qui commençait à s'impatienter, intervint.

— Savez-vous quand il sera de retour ?

— Demain, ou peut-être après-demain. Je lui dirai que vous êtes à Hampton, marmonna la femme, en s'allongeant près de son enfant pour lui tenir chaud.

— Ce n'est pas la peine, dit Marie. Nous allons l'attendre ici.

Surpris par la réponse de ma mère, Alexander ne put retenir sa désapprobation.

— Il n'en est pas question, voyons ! Vous devriez passer la nuit chez nous avec Mathieu, les nuits sont fraîches en cette saison et...

Marie lui coupa la parole.

— Non, Alexander, notre place est ici avec nos amis.

Voyant que rien ne ferait fléchir la décision de Marie, Alexander décida de rentrer seul.

— Soit, je reviendrai demain matin, dit-il tristement. Je vous apporterai quelques vivres et des couvertures.

Après le départ de notre ami, nous nous installâmes près du feu, avec les autres. Je m'allongeai près de Marie et posai ma tête sur ses genoux. Le froid prit bientôt le dessus sur la douce chaleur du feu qui, lentement, s'éteignait. Je me blottis alors dans les bras de ma mère pour me réchauffer. Elle enfouit sa main dans mes cheveux et, bercé par cette tendre caresse maternelle, je m'endormis.

Les bruits du port nous réveillèrent le lendemain matin. Autour de nous, les femmes s'activaient près du feu pour préparer le déjeuner. Un simple bouillon chaud accompagné d'un morceau de pain sec. Pendant ce temps, les hommes travaillaient sur le bateau ancré dans le port. Marie m'apporta une écuelle de bouillon. J'emprisonnai celle-ci entre mes mains pour m'imprégner de sa chaleur. Petit à petit, mes doigts se désengourdirent. L'humidité de la brume était tellement enveloppante que mes vêtements semblaient trempés. J'avalai avec délectation le bouillon chaud qui me réconforta.

Dans le milieu de la matinée, Alexander nous apporta des couvertures, du pain et des œufs que nous partageâmes avec les autres. Marie et moi étions quelque peu gênés par notre tenue, car nos vêtements, bien que fripés, étaient très luxueux comparés aux haillons des autres. Nous fûmes contraints d'attendre cinq jours, durant lesquels nous apprîmes à mieux connaître les gens qui nous entouraient. À travers leurs récits, nous découvrîmes les souffrances de chacun ainsi que leurs histoires. Ils étaient environ deux cents qui avaient été déportés en Caroline du Sud, mais le gouverneur les ayant jugés indésirables, ils avaient saisi l'occasion qui leur était donnée de quitter la province.

Décidés à rejoindre l'Acadie, ils avaient longé les côtes, embarquant à chacune de leurs escales d'autres Acadiens désireux, comme eux, de retourner vivre sur leur terre. Durant ce voyage jusqu'à Hampton, avec très peu de vivres et peu d'eau à bord, ils durent braver une tempête qui endommagea un peu plus les deux navires déjà vétustes. Voyant qu'ils ne pourraient pas poursuivre leur voyage, ils avaient décidé de troquer les deux vaisseaux contre un seul, qu'un armateur de Hampton leur proposa. Plus lourd, moins rapide, beaucoup moins facile à manœuvrer, ce navire qui avait fait son temps, avait toutefois l'avantage de disposer d'une coque saine et de voiles en parfait état. Avec son acquisition, le groupe avait retrouvé l'espoir de rejoindre l'Acadie.

Chaque matin, Alexander était fidèle à son rendez-vous. Et pendant ces cinq jours il se démena et sensibilisa la population de Hampton sur le sort des Acadiens, afin de réunir suffisamment de vivres pour permettre à notre groupe d'améliorer son quotidien.

Dans la matinée du cinquième jour, alors que je m'étais installé au bord du quai pour pêcher, j'entendis derrière moi une voix familière qui me fit sursauter. Cette voix d'homme, je l'avais entendue tellement de fois lorsque j'étais enfant, et elle m'avait si souvent parlé dans mes rêves, que je la reconnus immédiatement. Je me levai et me retournai précipitamment. C'est alors que je l'aperçus. Malgré ses cheveux blanchis, ses traits burinés et sa démarche fatiguée, il n'avait pas changé. J'examinai ses yeux clairs, son visage obstiné, ses joues creusées par la faim et la lassitude, et cette légère moue qui le caractérisait lorsqu'il n'avait pas obtenu ce qu'il désirait.

Il ne me vit pas tout de suite, mais il s'arrêta net lorsqu'il reconnut près du feu la silhouette de Marie. Je le vis alors s'avancer lentement vers elle, comme s'il avait peur qu'elle ne fût qu'un mirage. Se sentant observée, ma mère releva son visage et leurs regards se croisèrent. Ils restèrent ainsi quelques instants, muets, puis Marie courut vers lui pour se jeter dans ses bras. Ils s'enlacèrent en pleurant.

Je m'approchai d'eux et j'entendis mon père répéter plusieurs fois le prénom de ma mère, comme s'il craignait de l'avoir oublié.

— Marie ! Oh Marie, je suis tellement heureux, Marie..., répétait-il.

C'est alors qu'il me vit. Il s'approcha de moi, me prit dans ses bras en me serrant très fort contre lui et m'embrassa.

— Mathieu, comme tu as grandi !

Puis son regard se promena autour de nous, comme s'il cherchait quelqu'un.

— Mais où est ma petite Permélie ? demanda-t-il en se tournant vers ma mère.

Comme Marie ne répondait pas et baissait la tête, il comprit qu'il ne reverrait jamais plus sa petite fille. Il soupira, baissa la tête, puis reprit :

— Allons nous asseoir près du feu, nous avons beaucoup de choses à nous dire.

Nous lui racontâmes notre départ de Grand-Pré, le voyage vers New York, la rencontre avec les Smith et Alexander, puis notre départ pour Hampton.

Après que nous eûmes terminé notre récit, il commença le sien.

— Lorsque je vous ai quittés à Grand-Pré, c'était avec la certitude de retrouver Adrien et Pierre-Marie. Hélas, les Anglais m'ont embarqué de force sur un autre navire. Nous avons navigué durant plusieurs semaines, puis nous avons été débarqués dans le port de Savannah, à la limite de la Géorgie et de la Caroline du Sud. Nous avons attendu pendant deux mois sur les quais du port que les autorités décident de notre sort. Puis nous avons été envoyés dans les plantations de tabac pour y travailler. Notre condition n'était pas tellement différente de celle des esclaves noirs : du lever du soleil à la tombée de la nuit, nous étions dans les champs. Mal nourris, épuisés par notre labeur, nous n'étions plus des êtres humains. Et comme les Anglais voulaient nous convertir au protestantisme, il nous était interdit de pratiquer notre religion.

Nous nous réunissions le dimanche, en secret, pour dire nos prières. Le plus âgé d'entre nous disait la messe et consacrait le pain et le vin. Bon nombre d'entre nous sont morts d'épuisement, de maladie ou de chagrin. Bien sûr, nous n'étions pas obligés de rester, comme les esclaves noirs, mais que faire et où aller? Le planteur nous offrait le gîte et une maigre compensation en argent contre notre travail. Nous savions qu'en quittant la plantation, nous ne trouverions que la misère et un semblant de liberté, puisque nous n'étions plus dans notre pays et que personne n'aurait donné de travail à un Acadien. J'ai décidé de quitter la plantation quand j'ai appris qu'Adrien et

Pierre-Marie avaient été débarqués en Caroline du Sud et qu'un groupe d'Acadiens en provenance de cette province avait accosté à Hampton. J'espérais ainsi retrouver nos fils. Je ne pensais pas vous revoir, j'avais perdu tout espoir de vous retrouver un jour.

Nous restâmes encore trois semaines à Hampton, car il nous fallait restaurer le navire et réunir assez de vivres pour pouvoir prendre la mer. Bien qu'il fût en meilleur état que ceux qui les avaient transportés au départ de la Caroline du Sud, la coque du navire était envahie par les tarets. Nous devions la nettoyer et la calfater avant de partir.

Les journées étaient bien remplies. Les hommes travaillaient sur le navire alors que les femmes s'activaient autour du feu, s'occupaient des enfants et des repas qui n'étaient, le plus souvent, composés que de bouillon et de quelques poissons que nous pêchions dans le port.

Enfin, au début de la quatrième semaine, les hommes annoncèrent que nous pouvions lever l'ancre.

À partir de cet instant, la joie s'installa à nouveau parmi nous. Trois jours après, nous embarquâmes sur le navire. Alexander était venu nous faire ses adieux.

— Je souhaite de tout cœur que vous réussissiez à rejoindre votre pays. Mais sachez toutefois que si vous n'y arriviez pas pour quelque raison que ce soit, vous serez toujours les bienvenus chez moi.

— Merci Alexander. Mais nous y arriverons ! À la grâce de Dieu ! répondit mon père en le saluant une dernière fois.

11

Le grand voyage

Sur le vaisseau, chacun occupa un poste. Nous avions confié le commandement du navire à un dénommé Louis le Basque, un Acadien de Port-Royal qui connaissait parfaitement la mer et le métier de marin. Il venait d'une famille de pêcheurs français qui avaient émigré en Acadie sur l'un des premiers morutiers basques. Louis donna l'ordre d'appareiller.

Alors les hommes s'activèrent sur le pont, l'ancre fut levée dans un grand fracas, les voiles se déployèrent puis se gonflèrent avec la brise. Le bateau donna de la gîte puis se tourna vers le large, et glissa lentement vers l'horizon.

Je me sentais à la fois heureux de retrouver cette sensation extraordinaire de liberté que me procurait l'océan, et soucieux de notre avenir.

J'admirais la mer qui s'ouvrait devant le navire, et la proue qui se jouait des vagues lorsque mon père s'approcha de moi.

— Notre voyage ne sera pas des plus agréables, me dit-il. Je crains fort que les quelques vivres que nous avons réunis avant notre départ ne suffisent pas à nourrir les neuf cents personnes qui sont à bord. Des paysans nous ont bien donné des victuailles, mais hélas pas suffisamment. Et puis nous ne savons pas combien de temps ce voyage durera ! Nous ne sommes pas sûrs, non plus, que le bateau soit assez solide pour nous conduire en Acadie. Il ressemble plus à une épave flottante qu'à un navire ! Sur la mer, tout peut arriver. Si nous réussissons à échapper à une tempête, il ne faut pas oublier que l'océan est infesté de pirates et que nous risquons d'en rencontrer à tout moment. Souhaitons que nous parvenions sains et saufs à bon port.

J'imaginai alors toutes les difficultés qui pourraient s'acharner contre nous. Mais pour moi, la pire de toutes était l'éventuel affrontement avec les pirates. Je savais qu'ils écumaient les mers et hantaient les côtes, pillaient les navires et parfois les ports et qu'ils n'hésitaient pas à tuer leurs prisonniers. Cette pensée me fit froid dans le dos et j'en parlai à mon père, qui tenta de me rassurer.

— Ne t'inquiète pas, ils aiment surtout l'or ! Que feraient-ils de pauvres gens comme nous ?

Nous avions quitté Hampton depuis une semaine, lorsqu'une tempête nous obligea à virer de bord. Notre commandant décida alors de mettre le navire à la cape et de descendre vers le sud, pour se mettre à l'abri et échapper au mauvais temps. Durant trois semaines, la mer se déchaîna autour de nous et notre bateau, fouetté par de gigantesques vagues qui déferlaient, tanguait d'un bord à l'autre. Épuisés par le roulis incessant du bateau et démoralisés par notre changement d'itinéraire, nous nous étions réfugiés dans la cale. Sur le pont, les hommes s'activaient sans relâche. La meilleure solution eût été de rejoindre la côte, mais personne ne voulut en prendre le risque : nous préférions mourir en mer, libres, plutôt que de vivre prisonniers loin de notre pays.

Puis, un beau matin le vent se calma soudainement et l'océan se transforma comme par enchantement en un lac paisible. Sous un soleil brûlant, une île se dessinait à l'horizon.

Louis le Basque donna l'ordre de s'en rapprocher. Il nous réunit sur le navire et nous consulta avant de prendre une décision.

— Notre bateau prend l'eau et si nous ne voulons pas périr en mer, nous dit-il, nous devons accoster. De plus, nous n'avons presque plus d'eau douce, et nous serons à court de vivres dans deux ou trois jours. À cause de la tempête qui nous a détournés de notre route, nous nous retrouvons beaucoup plus au sud, très certainement face aux Antilles. Faire escale dans cette île inconnue nous permettra de nous reposer et de réparer les dégâts causés par la tempête.

Ce fut une sage décision, tout le monde l'approuva et la providence nous permit d'échouer sur une île des Antilles, que nous pensions déserte. En réalité, il s'agissait de la Guadeloupe, où nous restâmes deux mois pendant lesquels nous réparâmes l'objet de notre ultime espoir : notre bateau.

Je passai ces deux mois à explorer l'île avec d'autres enfants de mon âge. Nous découvrîmes très vite qu'elle était habitée et colonisée, et que depuis sa découverte par Christophe Colomb, en 1493, cette île était un objet de dispute entre la France et l'Angleterre. Des planteurs français s'y étaient installés pour cultiver la canne à sucre et de nombreux esclaves noirs leur servaient de main-d'œuvre.

Nous avions accosté à l'est de l'île, sur une plage de sable blanc ourlée de cocotiers. Après avoir tiré et calé le navire, les hommes s'étaient immédiatement mis au travail pour calfater les joints de la coque du bateau afin de la rendre étanche.

Je dois avouer que la beauté de cette île m'a laissé un souvenir impérissable. Nous n'avions qu'à tendre la main pour cueillir de merveilleux fruits dont nous ne soupçonnions même pas l'existence ; lorsque nous partions pêcher, nous ne revenions jamais bredouille... L'air transportait d'extraordinaires odeurs où le parfum des fleurs croisait celui de la mer et des épices. Au fil de nos escapades à travers l'île, nous découvrîmes pourquoi les Indiens Arawaks l'avaient surnommée Karukéra, l'Île aux belles eaux. De nombreuses cascades se cachaient dans une nature exubérante et sauvage, fredonnant leurs chansons cristallines au cœur d'un silence impressionnant. Les journées se déroulaient au rythme du soleil, de la mer et des nombreuses balades à travers la forêt.

Un après-midi, alors que nous étions partis à la découverte de l'île avec deux de mes amis, nous entendîmes de curieux chants qu'accompagnaient des tambours. Ils provenaient d'une clairière et s'élevaient au-dessus des arbres, en une sorte de plainte. Nous avançâmes sans faire de bruit. Lorsque nous fûmes près des chanteurs, nous nous installâmes derrière de grandes fougères arborescentes pour pouvoir les observer sans être vus. Quatre hommes noirs, aux torses nus, s'étaient rassemblés autour d'un feu. L'un d'eux se leva, puis en élevant ses bras vers le ciel, fit des incantations dans une langue inconnue. Un autre se leva à son tour, but une mixture qui chauffait sur le feu et se rassit. Impressionnés par ces Noirs qui ne pouvaient être que des esclaves en fuite, nous restâmes figés sur place.

— Nous devons retourner près des nôtres, ces hommes peuvent être dangereux, dis-je à mes amis.

Au même moment, l'un des hommes fit signe aux autres de se taire et montra notre cachette du doigt. Sans plus attendre, nous détalâmes en direction de la plage, où nous arrivâmes essoufflés et effrayés, poursuivis par les quatre hommes. Lorsqu'ils parvinrent à leur tour sur la plage, et qu'ils s'aperçurent que nous étions nombreux, ils rebroussèrent chemin. À partir de ce jour-là, nos parents nous défendirent de nous éloigner du campement.

Une fois le navire réparé, mous fûmes prêts à reprendre la mer. Quelques familles décidèrent de rester vivre dans cette île merveilleuse et de s'y installer. Elles nous firent leurs adieux et s'enfoncèrent dans les terres, espérant y trouver calme et paix.

Nous laissâmes derrière nous l'île de la Guadeloupe, sa beauté et son calme, pour faire route vers le nord, vers notre terre, l'Acadie.

Jours et semaines passèrent. La fatigue commençait à s'emparer de notre groupe. Plusieurs tombèrent malades, d'autres perdirent la vie. Les poissons que nous avions fait fumer à la Guadeloupe, les fruits que nous avions ramassés avant notre départ et l'eau douce, furent rationnés.

Ma mère, avec d'autres femmes, s'occupait des vieillards et des enfants. J'admirais en silence son courage et sa force.

Jamais elle n'a baissé les bras, jamais je n'ai vu un signe de découragement sur son visage. Et lorsque mon père paraissait abattu, elle trouvait toujours des mots réconfortants pour l'aider à supporter sa détresse.

Après de longues semaines de navigation, nous entrâmes enfin dans la baie de Fundy. Sur le navire, tout le monde pleurait de joie en voyant se profiler les côtes de notre Acadie natale.

Notre odyssée prit fin un peu avant le fort Beauséjour, où nous débarquâmes dans la nuit. Notre groupe décida d'offrir le bateau à Louis le Basque pour le remercier. Ce dernier proposa à quelques jeunes gens de rester avec lui pour l'accompagner en territoire indien, où ils pourraient s'installer et faire le commerce des peaux.

— Nous n'allons pas rester ici, dit mon père. Au lever du jour, nous partirons vers Cap-Breton. Nous y serons en sécurité. Retourner à Grand-Pré serait trop dangereux pour nous.

Marie approuva. Dès le lendemain, nous prîmes le chemin de Cap-Breton ; nous traversâmes une partie de l'Acadie. J'étais heureux de retrouver mon pays, les souvenirs de mon enfance, les odeurs de cette terre où j'étais né et où j'avais vécu ma petite enfance. Sur notre chemin, parfois, des fermiers émus par notre triste condition et nos visages faméliques, nous offraient l'hospitalité pour la nuit. Nous étions devenus des mendiants, des gueux à qui l'on donnait un morceau de pain et un verre d'eau. Après trois semaines de marche, nous atteignîmes enfin Cap-Breton où nous espérions retrouver notre maison. Et lorsque nous l'aperçûmes au loin, nous ne pûmes retenir des larmes de joie. Autour, rien n'avait changé. Je courus vers elle, suivi de Marie et de François.

— Tout est resté à la même place, criai-je à mes parents.

Mon père jeta un regard autour de lui.

— Oui, rien n'a changé. Allons voir sur la plage !

Nous fûmes heureux de constater que les canots et les filets étaient là où nous les avions laissés.

— Nous allons pouvoir pêcher, mon fils, dit simplement mon père.

Cette nuit-là, je dormis d'un profond sommeil, le sommeil de mon enfance, en rêvant qu'Adrien et Pierre-Marie accostaient sur la plage.

Nous réparâmes notre maison que les intempéries avaient endommagée, puis nous reprîmes nos habitudes. Nous n'oubliâmes jamais ce jour de 1755 qui détruisit notre famille. Le temps s'écoula lentement et simplement. Nous retrouvâmes quelques amis qui avaient réussi à échapper aux Anglais pour revenir vivre en Acadie. Le vieux Joshua, dont les fils avaient péri au fort Beauséjour, vivait seul, dans sa petite maison battue par les vents au bord de l'océan.

Les années passèrent et mes parents s'éteignirent. Marie mourut la première d'une pneumonie et mon père la suivit deux ans plus tard. Il périt en mer, comme il l'avait toujours souhaité, surpris par une tempête pendant une nuit de pêche. Son canot chavira et l'on ne retrouva jamais son corps.

Lorsque j'eus 30 ans, je me mariai et décidai de vivre là où j'avais toujours été heureux : à Cap-Breton. J'épousai Cynthia, une Acadienne anglophone de Grand-Pré, dont le regard embué de larmes m'avait autrefois ému. Nous appelâmes nos deux premiers garçons Pierre-Marie et Adrien, en mémoire de mes frères.

Plus tard, je réussis à retracer le périple des jumeaux. J'appris qu'ils avaient été déportés de Caroline du Sud vers la Géorgie puis, par la grâce du roi de France, on les avait embarqués sur un bateau en direction de Belle-Île, une petite île française au large des côtes bretonnes, où ils s'étaient installés avec d'autres Acadiens. Ils s'y sont mariés, et doivent aujourd'hui avoir, eux aussi, des enfants. Je ne les ai jamais revus, mais je sais qu'un jour leurs descendants reviendront vivre en Acadie et que la famille Martin sera à nouveau réunie.

J'ai écrit ce texte pour eux et je leur fais don de mes précieux objets : la croix en or de ma mère et le petit bonnet de ma sœur Permélie, en souvenir de nous, les gens simples d'Acadie.

Mathieu Martin
Cap-Breton, 1800

12

Les héritiers

Après la lecture de ce texte, Alix resta songeuse. Elle replia avec précaution les documents et les remit dans la boîte en fer près de la petite croix en or et du bonnet en dentelle.

« Comme c'est curieux, pensa-t-elle troublée. Ma grand-mère se prénomme Permélie, et son grand-père s'appelait aussi Adrien Martin. Est-ce le hasard si ma grand-mère est née à Belle-Île ? »

Puis, elle s'aperçut que dehors le jour baissait. « Il fait presque nuit. Il va bientôt être l'heure de souper. Il faut que je descende rejoindre mes parents, sinon Maman va encore se fâcher. »

Elle descendit les escaliers quatre à quatre et entra dans la cuisine.

— Eh bien, ce n'est pas trop tôt ! s'exclama Morgan. Je t'ai appelée au moins vingt fois pour passer à table. Où avais-tu disparu ? Ton père est dans le salon et nous t'attendions.

Alix réfléchit un instant, puis décida de tout raconter à ses parents. Morgan écoutait d'un air distrait.

— Mais, ce qui est étrange, ajouta-t-elle après avoir terminé son récit, c'est que deux membres de cette famille Martin se soient installés à Belle-Île. Ne trouves-tu pas cela extraordinaire ? demanda-t-elle à sa mère, qui se retourna surprise.

— Il faut rendre ces objets à leur propriétaire, répondit Morgan.

— Comme d'habitude, tu n'as pas écouté ce que je t'ai dit, Maman, répondit Alix exaspérée. On ne peut pas rendre ces objets, puisque leur propriétaire est mort et que les documents sont datés de 1800 ! Alors tu penses bien qu'il ne viendra sûrement pas nous les réclamer !

— Et que racontent ces papiers ? demanda Morgan, soudainement intéressée.

— Ils racontent la vie des Acadiens en 1755, à l'époque où ils ont été déportés.

C'est effroyable ! Je vais chercher la boîte. Tu verras.

En un instant, Alix avait disparu. Elle revint trois minutes plus tard en tenant dans ses mains la boîte en fer qu'elle tendit à sa mère.

— Philippe ! Philippe ! appela Morgan, vivement excitée en ouvrant la boîte. Viens voir ce qu'Alix a trouvé dans la cave.

Philippe vint les rejoindre dans la cuisine.

— Qu'as-tu trouvé, demoiselle ? demanda-t-il à Alix.

Morgan lui remit la boîte. Il en sortit le document et les objets. Il parcourut rapidement les trois premières pages ainsi que la dernière. La fin le surprit.

— Mais c'est incroyable ! s'exclama-t-il. Mon arrière-grand-père s'appelait aussi Adrien Martin ! Ce n'est pas possible ! Quelle curieuse coïncidence ! J'aurais acheté la maison de mes ancêtres sans le savoir ! C'est inimaginable !

Pendant toute la durée du repas, Alix raconta les souffrances de Mathieu et de sa famille. Morgan et Philippe l'écoutaient, interloqués par cette partie de l'histoire qu'ils ne connaissaient pas très bien.

— Je vais écrire à grand-mère Permélie pour lui demander de faire des recherches généalogiques sur notre famille, dit Philippe. Je veux en avoir le cœur net... Non, mais vous rendez-vous compte? Quel curieux hasard!

Trois jours plus tard, alors qu'Alix et son père étaient installés sur le petit banc de pierre, face à la mer, le regard de la jeune fille se tourna vers le rocher où lui était apparu le jeune garçon. Quelle ne fut pas sa surprise de le découvrir à nouveau, debout sur le roc. Il se tourna vers elle et lui fit un large sourire avant de disparaître définitivement. Voyant que son père fixait le rocher attentivement, Alix lui demanda :

— Papa, as-tu vu?

— Quoi? répondit Philippe, perdu dans ses pensées.

— Non, rien. Rien du tout, dit Alix, en fixant l'océan.

Elle vit alors son père se lever, se pencher légèrement et regarder en direction du rocher. Il leva les sourcils d'un air interrogateur, fit une moue, tourna la tête d'un côté puis de l'autre, souleva les épaules et se rassit d'un air inquiet.

— Qu'y a-t-il ? demanda Alix, intriguée par son comportement.

— Rien. Je crois que je vais aller faire la sieste. J'ai besoin d'un peu de repos.

— Allons, ne fais pas cette tête, plaisanta Alix, ça peut arriver à tout le monde de voir des fantômes !

Puis elle éclata de rire.

— Tu as sûrement raison, Alix, les fantômes ne sont que des réminiscences de notre passé. Ils apparaissent parfois pour nous rappeler notre histoire et nos erreurs. À nous de comprendre leur message.

FIN

Table des matières

Les titres de la collection Atout

1. *L'Or de la felouque***
   Yves Thériault
2. *Les Initiés de la Pointe-aux-Cageux***
   Paul de Grosbois
3. *Ookpik***
   Louise-Michelle Sauriol
4. *Le Secret de La Bouline**
   Marie-Andrée Dufresne
5. *Alcali***
   Jo Bannatyne-Cugnet
6. *Adieu, bandits !**
   Suzanne Sterzi
7. *Une photo dans la valise**
   Josée Ouimet
8. *Un taxi pour Taxco***
   Claire Saint-Onge
9. *Le Chatouille-cœur**
   Claudie Stanké
10. *L'Exil de Thourème***
    Jean-Michel Lienhardt
11. *Bon anniversaire, Ben!**
    Jean Little
12. *Lygaya**
    Andrée-Paule Mignot
13. *Les Parallèles célestes***
    Denis Côté
14. *Le Moulin de La Malemort**
    Marie-Andrée Dufresne
15. *Lygaya à Québec**
    Andrée-Paule Mignot
16. *Le Tunnel***
    Claire Daignault
17. *L'Assassin impossible**
    Laurent Chabin
18. *Secrets de guerre***
    Jean-Michel Lienhardt
19. *Que le diable l'emporte !***
    Contes réunis par Charlotte Guérette
20. *Piège à conviction***
    Laurent Chabin
21. *La Ligne de trappe***
    Michel Noël
22. *Le Moussaillon de la* **Grande-Hermine***
    Josée Ouimet

23/23. *Joyeux Noël, Anna**
Jean Little

24. *Sang d'encre***
    Laurent Chabin

25/25. *Fausse identité***
Norah McClintock

* Lecture facile

** Lecture intermédiaire

26. ***Bonne Année, Grand Nez****
Karmen Prud'homme

27/28. ***Journal d'un bon à rien*****
Michel Noël

29. ***Zone d'ombre*****
Laurent Chabin

30. ***Alexis d'Haïti*****
Marie-Célie Agnant

31. ***Jordan apprenti chevalier****
Maryse Rouy

32. ***L'Orpheline de la maison Chevalier****
Josée Ouimet

33. ***La Bûche de Noël*****
Contes réunis par Charlotte Guérette

34/35. ***Cadavre au sous-sol*****
Norah McClintock

36. ***Criquette est pris*****
Les Contes du Grand-Père Sept-Heures
Marius Barbeau

37. ***L'Oiseau d'Eurémus*****
Les Contes du Grand-Père Sept-Heures
Marius Barbeau

38. ***Morvette et Poisson d'or*****
Les Contes du Grand-Père Sept-Heures
Marius Barbeau

39. ***Le Cœur sur la braise*****
Michel Noël

40. ***Série grise*****
Laurent Chabin

41. ***Nous reviendrons en Acadie !****
Andrée-Paule Mignot

42. ***La Revanche de Jordan****
Maryse Rouy

* Lecture facile

** Lecture intermédiaire